ヤマザキマリ対談集

Diálogos《ディアロゴス》

ヤマザキマリ

集英社

目次

装幀　小林満（ジェニアロイド）
構成　加藤裕子（第1回～10回）
　　　江南亜美子（特別編）
校閲協力　株式会社鷗来堂

〈第1回～10回〉　共同通信より2019年7月～2020年6月にかけて配信された連載記事「ヤマザキマリのオリンピック放談」のために行われた対談をもとに再構成した。
〈特別編〉　「すばる」2016年5月号掲載
〈はじめに・あとがき〉　書き下ろし

はじめに

古代ギリシャ語で「対話」を意味するディァアロゴスは、「通じる」「論理」という二つの言葉でできている。ソクラテスは言語化した考えを交わし合う問答法こそ知の探究における方法論と唱えていたが、思考も、そしてそれを適切な言語に置き換える転換も、実はそれ相当のエネルギーを要する作業だ。

古代ギリシャでは哲学者たちが運動選手の訓練場であるギムナシオンへ集まって、肉体を懸命に鍛えるアスリートたちの傍で様々なディァアロゴスを展開させていたが、それはつまり彼らにとって他者との意見の交換が精神面においての訓練であり、思索もまた立派な運動だったのだろう。

人間は肉体だけではなく、精神面も鍛え続けていなければ真っ当な機能を成さない生き物になってしまうということを、彼らはすでに知っていた。実際人間は、食料を摂取し、子孫繁栄を繰り返すだけでは存続していけない、取り扱いの難しい生物である。いくら肉体面での健康を維持できても精神面が野蛮化して制御不能に陥れば、人間の社会は簡単に崩壊してしまう。隣国間での戦が絶え間なかった古代ギリシャにおける知識人たちは、思考と対話というものが、肉体を鍛えるのと同様に人間が脆弱化しないために必要不可欠だということを深く理解していたのだ。
現代を生きる我々は、メディアにあふれる様々な情報の中から自分が同調できる意見や言葉を探し出し、それをあたかも自らの脳から抽出した言葉のように利用することがある。自分が生み出したわけではない意見や言葉には責任を持つ必要もないし、不都合になればすぐに別の意見や思考に乗り換えれば良いから気も楽になる。自分たちと共有できない思考や言語を持つ人間を理解しようという面倒なエネルギーを発動させることもなく、脳の怠惰を謳歌する。確かにいつの時代でも人々はできれば失敗も屈辱も避け、幸せな心地だけが許される磁場に集まって生きていたいと思ってきた。ソクラテスやプラトンはそんな人々に対して警鐘を鳴らしたが、彼らは物事を考えるのが生業である「ソフィスト」という特殊なカテゴリーに納められ、民衆との間には隔たりが作られた。だが、彼らが必要だと感じていた思考と対話は、たとえ快楽の磁場を探し続けていたとしても、社会性の生き物である人間にとっては、決して欠損させてはならない人間の機能なのだ。

この対談は、そもそも人間にとっての運動とは何なのか、なぜ人間は運動するのか、といった素朴な疑問が発端となって企画されたため、対話の軸は「運動」である。しかし、私とは分野の違う環境の中で、独特な価値観や視点を築いて生きている表現者たちとの対話によって、私はギムナシオンで討論を交わしていた古代ギリシャの哲学者たちの気持ちをわずかながらにせよ体験できたような気持ちになった。

多種多様な世界で生きる彼らの言葉を受け止め、そこに新たな考えを発芽させるため、活発に稼働するのは想像力だ。この想像力は自分とは言葉や生活習慣の違う国々を旅で訪れたときに稼働するのと同質のものだが、異なる言葉や考えの理解は最終的に社会の細かい分裂を防ぐ、強靱かつ寛容な精神を育むきっかけとなる。ただ、どんな時代においても想像力が運動不足になりがちなことだけは確かなようだ。

運動でも人付き合いでもなんでも楽しけりゃそれでいい、深いことを考えるなんてナンセンスだという人もいるだろう。確かに生き方に勤勉になりすぎても歪みは生じる。だから、人生には程よい怠惰がなければならないとは思う。

私自身も偏愛体質なので幅広い人付き合いが不得手だし、なるべくならもう負荷を背負った生き方はしたくない。ただ、パンデミックによる移動の規制によって価値観の違う世界から得られる栄養を断たれ、精神面での脆弱化を感じていた最中にこの対談集を改めて読み直して気がついたのは、他者との対話の重要性だ。思い通りにならない社会や人間関係に鬱憤を溜め込むかわりに、世界も人間も果てしなく多様であり、それぞれの異なった価値観や考え方を自分たちの言葉で共有し合うことができれば、それは明日を生き抜いていく上での確実な強みとなる。

古代ギリシャのソフィストたちが提唱していた対話の重要性を実感するきっかけともなるこの本を、この時代に出すことができたことはとても感慨深い。

ヤマザキマリ

世界は予測不能、だからおもしろい

ヤマザキマリ対談集

第1回

ヤマザキマリ × 養老孟司

養老孟司（ようろう　たけし）

解剖学者。東京大学名誉教授。1937年神奈川県生まれ。東京大学大学院医学系研究科基礎医学専攻博士課程修了。1981年東京大学医学部解剖学第二講座教授。1995年同大学を退官。1996年から2003年まで北里大学教授。1989年『からだの見方』でサントリー学芸賞受賞。2003年『バカの壁』が419万部を記録する大ベストセラーとなり、同年の新語・流行語大賞、毎日出版文化賞特別賞も受賞した。『唯脳論』『身体の文学史』『手入れという思想』『遺言。』『半分生きて、半分死んでいる』など著書多数。

対談日：2019年6月1日

スポーツは人間にとって不自然

ヤマザキ 今「グランドジャンプ」で連載中の『オリンピア・キュクロス』①は オリンピックがテーマの漫画ですが、実は私自身はオリンピックも運動もそれほど興味がないんです。でも、だからこそ、創作を通じてとことん掘り下げてみたい、と思っているところがあります。

なぜ人々は誰かが一生懸命体を動かすことにあんなにも熱狂し、涙が出るような感動を覚えるのか、そこがよくわからないんです。自分の中にある疑問を解き明かそうと描いているうちに、ソクラテスやプラトン、円谷幸吉にアベベ、さらには手塚治虫や三波春夫まで出てくるという、意味不明な拡張をしつつありますが。

養老 これでも漫画か、と思うぐらい、真面目な本だよね。

ヤマザキ そういえば、先生も運動に興味がないですよね。

養老 ないね。虫捕りで十分だよ。

ヤマザキ あえて聞いてみました。虫捕りで十分だということは大変よくわかります。

①ヤマザキマリの漫画。古代ギリシャの青年がオリンピックに沸く1964年の東京にタイムスリップする、痛快比較文化コメディ。

養老　虫を追いかければくたびれるし、標本作りを3時間続ければ腰も肩も凝る。でも、楽しいんだよね。

ヤマザキ　あんな細かい作業を3時間やれば、腰と肩が凝るぐらいじゃすまないですよ（笑）。でも、確かに昆虫採集はものすごいハードワークです。数年前にアマゾンへ行ったときも、木の上に作られた小屋に待機して、昆虫を捕まえるのに高い木に登ったり降りたりを繰り返しましたが、その後でえらい筋肉痛になりました。

養老　虫捕りに限らないことだけど、そもそも、生きていれば体を動かすのは当たり前でしょう。農業や家事のように、生きるために動くというのが人間本来の姿なんです。だから、女の人は長生きする。男性も、そういうことをちゃんとやらないといけないんだよね。

ヤマザキ　結局、自然災害でインフラが機能しなくなったときに生き延びられる人って、第一次産業従事者か肉体労働従事者たちでしょうね。私も運動は全然しませんが、日常生活の中で必要に応じて体を動かすのは苦にならないです。雑巾がけなんてすごく疲れますけど、良い運動になると信じてよくやりますし。体を動かすために運動をするのは好きではありませんが、躍動感のある日常生活は好きなんですよ。

養老　みんな、ジムに行ったりジョギングしたりするけど、そうやって無理に体を動かすのは不自然なことなんです。スポーツでつく筋肉は特定の筋肉が肥大したものだから、解剖の教科書には使えない。人間が普通に動いていく中で、あんなプロポーションにはならないでしょう。

ヤマザキ　ローマと東京でオリンピック史上初のマラソン連覇を成し遂げたアベベ[②]は、「お腹が空いたから、あそこの茂みまで果物を採りに行かなくちゃ」と、普段から何気なく50キロ、60キロ走っていたら速くなったそうです。

養老　それが生きているということだよね。

でも、都会にいると食べ物は冷蔵庫に入っているし、なければ買いに行けばいいとみんな思っている。日常の中に組み込まれた必然として体を動かすということがほとんどない。それをジョギングなんかしているから、「勘弁してくれよ」となるわけです。100メートル競走とか、バカじゃないかと思いますよ。フライングで失格して泣いている選手とかいるけど、泣くなよ、たかが100メートル走るのに。

ヤマザキ　わずかな距離をたった0・0何秒の差を必死に競うというのは、子どものときからまったく理解できませんでした。何かあったときに誰よりも速く逃げられるという素晴らしい特技があるんだから、人間の定めたルールに

②アベベ・ビキラ。エチオピア出身の陸上長距離選手。1960年ローマ・オリンピックのマラソンを裸足で走り優勝。その風貌も相まって「走る哲学者」とも称された。1964年の東京オリンピックで史上初のマラソン2連覇を達成。

則ったわずかな差異で悔しがったり泣いたりしなくてもいいじゃないって思ってました。

養老　この前、本当に嫌だなと思ったのは、陸上のグラウンドをポリウレタンの二重構造にしたらすごく速く走れるというんですけど、それは、ずるじゃないですか。本当は、アベベみたいに裸足で土の上を走るのが正しいんですよ。

ヤマザキ　もう人間そのものの運動能力のことは、結果に対してそれほど重要ではなくなりつつあるのかもしれません。先日とあるドキュメンタリー映像でアフリカのマサイ族が皆ナイキのシューズを履いて、踊りで軽々と飛び上がっているのを見て、テクノロジーの進化には誰も抗えないんだなと思いました。

「長生きしたい」のは本気で生きていないから

養老　だから、都会に住んでいる人は参勤交代みたいに定期的に田舎に行くといい、というのが僕の持論です。古くから都市化したところに住む金持ちや偉い人が別荘を持っているのは、やっぱり都市の人工的な環境にいると感覚が鈍麻していくので、それを呼び覚ますものが必要ということなんですよ。

中国なんて、唐の時代にはもう大都会があったわけです。李白が「山中問答」という詩で「別に天地の、人間（じんかん）にあらざるあり」と書いています。[3]「天地」は自然、「人間」というのは世間のことで、要するに、この詩を書く前の李白の頭の中は現代の都会人みたいに、人の世界しかなかったんです。それが田舎に行くことで、「ああ、自然があった」と気づく。

ヤマザキ　李白は大都会の人だったんですね。1000年以上前に、中国はそれだけ熟成した社会だったということか。

養老　それどころじゃなくて、紀元前からですよ。孔子が「詩を読みなさい」と言ったと『論語』に書いてある[4]んです。孔子自身が「なぜ詩を読まなければいけないのか」という理由を説明しているんだけど、詩を読むことで、そこら辺に生えている草や木の名前を覚えるようになると言うんですね。孔子が説教している相手がいかにそういうことを知らない人たちだったかがわかります。

でも、ある省庁の会議で都会と田舎の両方に家を持つ二住居制を主張したら、「贅沢だ」と言われたね。庶民は都会で必死に働いてヘトヘトになるのが「正しい生き方」だ、という理屈です。

ヤマザキ　都会の生活で失われた人間の機能を取り戻すという話なのに、おかしいですよね。

といっても、昨今の日本の田舎は都会と同じように便利になっているから、

③「山中問答」
問余何意棲碧山
笑而不答心自閑
桃花流水窅然去
別有天地非人間

④『論語』陽貨第十七9
子曰。小子何莫學夫詩。詩可以興。可以觀。可以羣。可以怨。邇之事父。遠之事君。多識於鳥獸草木之名。

そんなに違いは感じられないかもしれません。タイみたいに、都市部からちょっと山岳地帯に行っただけで、昔ながらの伝統的な生活をそのまま踏襲している場所があればいいのにな、と時々感じることはありますよ。昔『新日本紀行』というテレビ番組が好きだったのは、そういう独自の時間の法則でやりくりしている地域がある、というのを知ることができるからでした。私が住んでいた頃のシリアにもやはり数世紀前で時間が止まってしまったような部落があったりしましたが、ああいう光景を見ると、地表を移動しているだけなのに、時代を遡っていくようなタイムスリップ感覚を体験できます。シリアまで参勤交代したら、日本人も相当鍛えられますよ。

養老　あるいは、小学校をブータンと入れ替えるとかね。日本だって、昔はあんな感じだったんだから。

ヤマザキ　でもそれだと、日本の都会に来たブータンの子が心配……。

養老　生きていれば必然として体を動かすものだということがちゃんとわかっていれば、わざわざ田舎に行かなくてもいいんですよ。

生物学的な人間の寿命は38歳だという説もあるようだけど、要するに現代人は余生の方が長いんです。でも、どんなに余生が長くなったって、大事なのは生きるために必然性のあることをどれだけやっているか、ということですよ。

90歳になっても「長生きしたい」と言う人がいるでしょう？ 90までおまえ何してたの？と思いますね。

ヤマザキ 全身全霊で生きてきた、という実感が伴っていないからなんじゃないですか。世間のしがらみやしきたりに搦め捕られていて、出力が半端なまま、本来自分に備わっている喜怒哀楽をたっぷりと味わってこなかったから、機能を使い切れていないもの足りなさもあって、「もっと生きたい」となってしまうんじゃないでしょうか。

勝ち負けが大事なのは人間だけ

ヤマザキ 古代ギリシャ時代における運動は「哲学」の一種で、ギュムナシオンという運動する場所には必ず哲学者がいたんです。たとえば、アスリートたちがレスリングをしているのを見ながら、哲学者は議論したり、思索を深めたりしていたんですが、それだけ、体を動かすということが生命という問題と結びついていたということです。哲学者たちは、運動が都市化のリスクを避ける方法だと考えていたのかもしれません。

養老 農業を始めた時代から都市化してきているわけですから、人間はずっとその問題と向き合わざるを得ないんですよ。

ヤマザキ　不思議なのは、たとえば私が丸一日かけて豪邸の雑巾がけを必死にやっても誰も拍手しないのに、マラソンみたいに決められた距離を一生懸命走る人に対して、人々は大きな声援を送るじゃないですか。まあ、当たり前のことですけど（笑）。

たとえば、がんばっている人と自分を同一視して、ゴールした選手の姿を見ると、自分がゴールしたように感じると言いますよね。でも、そこで「勝った・負けた」という概念が発生する。勝った負けたがそんなに必要なことなのか、そこがわからない。オリンピックでも約2週間かけて勝ち負けを熱心に競って、選手たちは「勝ちたいです」と言い、「負けました」と泣くけれども、私みたいに基本的に運動に対しての興味がないと、「練習という苦労を経てきた分だけ悔しいのはわかるけど、そんなに悲しいことなのかね」と思ってしまうんですよ。自分にそういうコンペティティヴな精神が備わっていないからかもしれませんが。

養老　生物には闘争本能があるからね。猫の喧嘩見ていても、おもしろいもの。僕なんか、参加しちゃいますよ。

ヤマザキ　参加って、「シャーッ」とか言うんですか（笑）。

養老 うちの猫と喧嘩しているヤツに「バカ野郎」とか言って、加勢してやる。

ヤマザキ ああ、それは私もやりますね。ホウキでうちの猫の背後から威嚇したこともある。

養老 虫も戦うけど、あれはだいたいメスを争うオス同士の戦いとテリトリー争い、あとは食うか食われるかですね。

おもしろかったのは、この前、たまたまカマキリがミツバチを獲っているところを見たんです。カマキリはミツバチの針に絶対刺されない角度でミツバチの胴体をパッとつかむんだけど、誰に習い覚えたわけでもないのに、ちょうどそこに蜜の袋があるんです。すごいなあと思ってふと見たら、そのカマキリの周りにお腹に穴が開いたミツバチが3匹、落ちていました。

ヤマザキ 三戦三勝。カマキリが圧倒的な知恵で勝ったということですね。だけど、虫にとっては食うか食われるかというだけで、別に勝ち負けなんて関係ないじゃないですか。「勝った・負けた」というのは人間が作り出した概念で、そこから競い合うという精神性が生まれたということでしょうか。

養老 人間は社会的動物だからね。社会性がなければ、エサかそうでないかのゼロイチですよ。

システム化された世界はつまらない

養老　「都市」というのは、分業化、システム化が進んだ世界なんです。数値化しないとシステムが扱えないから、統計ばかりが重視されるようになる。それが世界的に一気に進んだのが、産業革命です。19世紀後半に産業革命がピークに達した時期に、物理に統計学が入ってきて、それが統計力学になった。

ありとあらゆることがデータから憶測された数値に沿って動くようになると、効率最優先で、無駄や遊びをどんどん弾いていく。もう人は要らない、統計を弾き出すコンピューターだけあればいい、ということだよね。

ヤマザキ　近代オリンピックが始まったのは19世紀の終わりですから、ちょうどその頃ですね。都市化が進んでいく中で、システムから外れた「予想できないもの」を求めて人気を得たのがオリンピックだったということになります。

アベベがローマ・オリンピックで優勝したとき、たくさん優勝候補がいた中で、彼は完全に無名の存在だったんです。でも、断トツに速かったのがアベベで、だからみんなびっくり仰天したんですよ。

養老　でも、スポーツも今はシステム化されてしまっているからね。

イチローが引退会見で「野球がつまらなくなった」と言っていたそうだけど、それは統計で野球をやるからでしょう。たとえば、投手の身長は年々高くなってる、背が低い投手はだめという時代になっているらしい。そんな勝つに決まっている奴しか出てこないなんて、おもしろくないよ。

ヤマザキ　野球だけじゃなくて、すべての運動がそうなっているということでしょう。AIがもてはやされるようになれば、意外性が育まれなくなる。そんな状態が進めば、意外なものを見たとき感動できる感性もなくなってきて、自分が思った通りにならないことが出てくると、「だめじゃん、これ」となってしまうでしょうね。

だってもうすでに、いじめも含め、人間界では自分にとって都合が悪かったり、理解するのが面倒だったり、思い通りにならないことは全部排除して、見たいものだけ見たい、知りたいことだけ知りたいという風潮になってきていますから、運動にもそういう流れが出てきているということですね。

養老　だけど、メディアは予想外のことが起こってほしいと思っているんだよ。

ヤマザキ　優勝候補が金メダルを獲れないとか、予想を裏切るようなことが起こると盛り上がりますからね。

養老　いっそ、オリンピックはやりかけで終わるんでいいんじゃないの？

100人でスタートしたのに、競技場には誰も帰って来なかったとかさ。10年経って、「あれ、どうなったの？」って言われたりして。

ヤマザキ　「あのとき、オリンピックのトライアスロン競技に出場したんですけど、泳いでて別の浜まで行っちゃったんですよ」「そのまま亡命して、日本に帰化したんです」という顛末もあり得ないわけじゃないのに。

そういうふうに、わかりきったシステムから外れた意外な展開は大いにあってほしい。シナリオ通りじゃないと困るなんて、そんなのプロデューサー側が心配することで、見ている方はやっぱり予想外のことが起こる方が絶対おもしろいし、脳への良い刺激にもなると思うんです。

オリンピックを「世界運動会」に！

ヤマザキ　先生も私も、虫を見るのと同じ感覚で、人間を俯瞰から「こんなことしてるな、あんなことしてるな」というふうに観察しますよね。だから、オリンピックみたいに皆が熱狂する現象に対しても、入り込みすぎない。あらかじめ、我々はこういう生態なんだと図鑑で読み取るようにわかっていればいいけれども、自分の実態を理想だのイデオロギーだので覆った状態で見てしまうから、問題が起きてしまうんだと思います。

養老 そうそう。わかっていれば、変なことはしないし、ブレーキがかかる。

ヤマザキ さっき先生が「都市化は農業が始まった頃からの問題」っておっしゃったけど、農業がなかった縄文時代の人は、その他の生き物と同じで、寿命がきたら必要以上に大騒ぎをすることもなく、自然の摂理を過酷だと捉えることもなく、亡くなっていたということですよね。それが今の人間ときたら、生きていることへの承認欲求がものすごいじゃないですか。やたらと「生まれてきたことには意味があるんだ、自分にしかできない何かをやるためなんだ」ってことに執着する。人生をドラマチックに演出したがるというのか。

その最たるものが、オリンピックのメダルですよ。本当は、運動って意味のないことに熱中することのはずで、そこがおもしろいのに、変に意味づけされてしまっているような気がします。

養老 しかも、それがお金と結びついていたりする。一番たちが悪いね。

オリンピックを夏にやるようになったのは、アメリカのテレビ局の放送権料があるからでしょう？ 夏の東京でスポーツの大会を開くなんて、クレイジーだよ。

ヤマザキ そうですよ。脱水症状や熱中症で亡くなる人が絶対、出てくると思います。

養老　オリンピックの規模が大きくなりすぎて、コストばかりかかるから、開催地の立候補も出なくなっているじゃない。今のようなやり方で、この先、オリンピックをやるのは無理だろうね。

ヤマザキ　クーベルタン[5]が近代オリンピックを盛り上げていった時代は、戦争もあったけれど、経済的には上り調子でしたから、オリンピックみたいな派手なイベントが成り立つというところはあったでしょうね。でも今は経済が下降期に入っていて、言ってみれば、古代ローマの繁栄が衰退して中世になっていくような感じじゃないですか。オリンピックが今のような状態のまま続いていく可能性は希薄だと感じています。

養老　今度の東京オリンピックなんて、よく言っても1964年の繰り返しでしょう？　おもしろくないよ。

ヤマザキ　1964年東京オリンピックが開催されたのは高度経済成長期でしたし、戦争が終わって約20年しか経っていない中で「国を復興したい」という意識が強く働いていたと思います。でも、2020年オリンピックは、経済も含めていろいろなことが沈滞しているのに、やたら目をきらきらさせて「いやいや、大丈夫だから」と大風呂敷を広げている。虚栄や虚勢を張りまくって

[5] ピエール・ド・クーベルタン。「スポーツの力を取り込んだ教育改革を地球上で展開し、これによって世界平和に貢献する」という理想のもと、古代オリンピックを復興させ、近代オリンピックを創立したフランスの教育者。

「経済大国・日本の底力を見せてやる」みたいな、意固地な感じがものすごい。

　でも、オリンピックの経済効果なんて一時的なものですからね。そんなふうに無理やり国威を高めようとして、背伸び状態でオリンピックをやった国は、その後、ひどい状態になってますよ。北京もそうですが、リオデジャネイロも、使用済みのスタジアムは汚れたまま野晒しになっていました。まさに、祭りが終われば、後は野となれ山となれ、です。

　だったら、別にオリンピックじゃなくてもいいじゃない、と思いますね。ただの世界運動会として、お金やシステムのしがらみから解き放たれた、自由な状態で楽しめばいいんですよ。そうでないと、もう運動は純粋におもしろいものだと捉えられなくなっていくんじゃないでしょうか。

　だって、実際の古代ギリシャオリンピックは、今で言えば、野外ロックフェスティバルみたいなものだったんですよ。神への生贄である牛を丸焼きにしたのをみんなで食べたりしながら、気が向いたら運動を見るという楽しみ方ですから、今のオリンピックとは全然違っていたんです。

「神はサイコロを振らない」

養老　さっき、システム化が進むとコンピューターに依存するという話をしましたが、コンピューターには価値観がないし、単なる統計が事実として拡大されていくことになるんです。

最初に統計が事実に変わったのは医療ですね。現代の医者は目の前の患者ではなく、カルテばかり見ているでしょう。だから徹底的に検査して、患者を数値化しないといけない。だけど、たとえば「タバコは体に悪い」という統計があったとして、それが個人にあてはめられるわけがない、ということが忘れられているんです。

統計が事実として拡大されていくことによって、格差社会が生まれることにもなってしまっている。アメリカでは、就職希望者の住所から、彼らが交通事故に遭う確率、犯罪に遭う確率、病気になる確率がみんな割り出されるので、企業はよりリスクが少ない地域に住んでいる方を採用するということが起こっているそうです。つまり、ハイリスクな場所に住んでいるというだけで、ポイントに徹底的に差がついてしまう。

統計と事実は本当は違うはずなのに、そういうデータを扱う側は「だって、統計的事実でしょう」と言うわけですよ。「神はサイコロを振らない」というアインシュタインの言葉は、若いときには全然ピンと来なかったけど、ここまで統計依存が進むと、すごく納得するね。

ヤマザキ そう考えると、虫捕りだけはシステム化できないですね。虫は思い通りにならないし、統計で結果を導き出せない。昆虫採集に行っても捕れたり捕れなかったり、思いがけないことが起こったりしますが、虫を追いかけるってそういうことですよね。

養老 そういえば、この間、屋久島にゾウムシ⑥を探しに行ったんです。だいたい、屋久島の虫って生態はもちろん、どこにいるかさえよくわからない。確かなのは葉っぱについているということまでで、それが草なのか木の葉っぱなのか、どの種類の草や木なのか、そういう具体的で細かいところは現場に行って採集しないとだめなんです。でも、プロ中のプロもいたのに、一緒に行った7人全員、5日間いて目的の虫が1匹も捕れませんでした。

ヤマザキ だけど、それで時間を損したというふうには思わない。

養老 全然。だって、そんな虫、捕れても捕れなくてもいいんだもん。でも、そういうことを「贅沢だ」と言われてしまうんですよ。

⑥象虫・象鼻虫。ゾウムシ科に属する甲虫の総称。口吻が長く突き出し、ゾウの鼻に似ていることからいう。日本で600種以上、全世界では約6万種とも言われている。

ヤマザキ　贅沢の価値は人それぞれじゃないですか。自分は辛いのにこいつは自由に好き勝手なことしてて羨ましい、という、あれは嫉妬なんですかね。

養老　そんな嫌な仕事ならやめちまえばいいのに、と思うんだけど、そうすると「食えない」とか、わけのわからないことをブツブツ言うし。

ヤマザキ　スポーツ選手もそうですけど、日本では、逆境に耐えて一生懸命がんばるということに価値があるとされますからね。

養老　でも、飛び抜けてできるヤツは何もしなくてもできちゃうから、努力すればいいというのは違いますよ。一方で、一生懸命やってきた側は「あの野郎」と頭に来るから、出る杭が打たれるということになってしまう。

ヤマザキ　そういえば、虫好きな人には唯我独尊の人が多くないですか？　少なくとも先生の周りにいるのは、髪の毛と同じぐらい細い0・01ミリメートルの針を何十本も刺して標本を作るとか、一般の人にはさっぱり意味がわからないことをする人たちばかりじゃないですか（笑）。

養老　少しは世間の勉強しろよ、と思ったりするけどね。

ヤマザキ　私的には、おもしろくていい人たちですけど、それぐらい世間の規範から外れてしまえば、もう比較の対象にもならない。社会に迷惑にはならず、やるべきことをきちんとできさえすれば、変な人だっていいんだということを皆にもっと理解してもらわねば。

養老 日本でも、江戸時代にはそういう特別枠があったんです。寛政の三奇人⑦とかね。

ヤマザキ 今の日本は、あれしちゃいけない、これしちゃいけないという、それこそシステムの中でがんじがらめになっているじゃないですか。みんなからどう思われるかというのを、すごく気にしますよね。

養老 世の中で炎上と呼ばれているものは、たかが空気の振動じゃないですか。言ってはいけないことが多すぎるんだよね。

歴史の真実を確かめる妄想力

養老 少数意見を外していこうとするのは、制度を潰すようなアンチが出てきてしまうとシステムを構成する人たちの負担が大きくなるからなんです。歴史も同じで、中国は紀元前から時の政府が歴史を書く慣例を作ってきたわけでしょう？ そうしないと、議論が百出してもうどうにもならないということになりますから。

ヤマザキ 古代ローマの歴史も手垢まみれですから、歴史なんてフィクション

⑦江戸時代寛政期（1789〜1801年）頃、尊王や国防を諸国に説いた高山彦九郎、林子平、蒲生君平を指す。ともに奇行が多かったという。

だと思って見た方がいいんですよ。「ほらが吹ける」という技能を人間が持っている時点で何もあてにはできない。本当にきちんと裏が取れているような歴史家の記述なんて、何ひとつありません。

養老　「間違いない」と言われる統計だって、今は自分たちの都合が良いように調査対象を操作したりして、修正されちゃいますからね。現在のことだってちゃんと書けないのに、100年前のことを書ける保証なんてどこにあるのかという話です。

僕は終戦で世の中の価値観がひっくり返った時代を体験していて、子供ながらに「バケツリレーで焼夷弾が消えるのかよ」と思っていました。確かなものなんてないんだし、だから自分で確かめるんだよ。

ヤマザキ　うちの母親もそうですが、戦争を経てその後の高度経済成長期の日本を見てきた世代は、ものすごく疑念や猜疑心が強いし、妄想も激しいところがあります。その感覚は私たちの世代になるとなくなっていて、言われたことをそのまま信じてしまったりするんですけど、それは手抜きなんですよね。「言われたことと違う、裏切られた」というのは、イタリア式に言えば、「信じたおまえが悪い」ということなんです。

養老　もっと根本的なことを言うと、時間の中で変化していく事象を扱うという能力が人間にあるのか、ということです。我々が生きているのは現在だけで、その中での現実は動いていないわけでしょう？　でも、歴史では時間が動いていて、それを時間が止まった形式でどこまで書けるのか。記録映画や写真で全部記録するると言っても、そんなの誰も見ませんよね。

結局、時の中を流れる過程を人に伝えるやり方はたったひとつしかなくて、それが物語なんですよ。だから、フランス語では、歴史と物語は「イストワール」という同じ単語になっているんです。

ヤマザキ　そういう歴史のはったりの部分があるから、私たちは妄想で真実を確かめようという部分が鍛えられる。なんでも思った通りになり、理想通りになる、なんて社会だったら確実に脳みそが腐りますよね。

養老　学問でもなんでも、あらかじめ答えがわかっていないからおもしろいんですよ。そういうものがあっての生きるということだと僕は思いますね。

私たち表現者はアスリートである

ヤマザキマリ対談集　第2回

ヤマザキマリ × 竹内まりや

竹内まりや（たけうち　まりや）

シンガーソングライター。1955年島根県生まれ。1978年シングル「戻っておいで・私の時間」でデビュー。1980年シングル「不思議なピーチパイ」が大ヒット。1982年山下達郎と結婚。以後、「駅」「シングル・アゲイン」「告白」などヒットシングルを連発する一方、「元気を出して」「駅」などの楽曲を他アーティストに提供しソングライターとしても活躍。1994年のベスト・アルバム『Impressions』が350万枚以上の大ヒットとなったほか、アルバム『Bon Appetit!』『Expressions』もミリオンセラーとなった。2019年のアルバム『Turntable』はオリコンランキング1位。2020年初の映像作品『souvenir the movie ～ MARIYA TAKEUCHI Theater Live ～』をリリース。2015年第6回岩谷時子賞、2019年第69回芸術選奨文部科学大臣賞を受賞。

対談日：2019年6月24日

女の人生はトライアスロン

ヤマザキ　私の本名はひらがなの「まり」、妹は「まや」なんですけど、名付けるときに海外でも通用する名前がいいという意図が親にはあったそうなんです。うちの母がいつも「合わせたらまりや様ね」と言っていて、デビューしたまりやさんをテレビで観た母が「あらっ、あなたたちの名前が合わさった方が！」と嬉しそうに反応していたのをすごくよく覚えてます。

竹内　そうなんですね。うちも父が海外に行ったとき、世界に通用する名前にしたいと思って「まりや」という名前にした、と聞いています。

ヤマザキ　親たちが名前に込めた想いはさておき、実際、私たちは成長の段階でお互い海外に積極的に開かれていったということになりますよね。まりやさんがビートルズに出会ったのが、9歳のときでしょう？

竹内　1964年、まさに東京オリンピックの年ですね。その頃に受けたカルチャーショックはすごかったんです。当時は少女漫画にも外国を舞台にしたものがたくさん描かれていましたから、島根の田舎町に住んでいた私は、「りぼん」が届くともうなめるように読んで、「海の向こうには何があるんだろう。

外国に行きたいな」と、あれこれ想像をふくらませていました。あのとき与えられた夢の大きさたるや、と思い出しますね。

ヤマザキ　テレビでも、兼高かおるさんが世界各地を訪れてレポートする『兼高かおる世界の旅』①のような番組が放映されていました。観ていて本当に想像力を鍛えられましたし、すごく刺激的な時代だったと思います。

竹内　マリさんも私も、知りたいことを知らずにはいられない、そのためだったらいろんなところに行きたい、というタイプだと思うんです。私たち、いつも話し出すと止まらなくて、5時間ぐらい平気でしゃべってますよね。

ヤマザキ　まりやさんとはどんな分野でも盛り上がれますから。

竹内　マリさんと私のもうひとつの共通項は、母親であるということですけど、マリさんみたいな肝のすわった生き方は私にはたぶん無理ですね。イタリアでお子さんを産んですぐ「シングルマザーで生きる」と決めて、子どものためなら温泉のレポーターやっても食レポやっても強く生きるんだというバイタリティが本当にすごい。私の場合は、子育てしながら自分のペースでのんびりアルバムを作って、仕事に追われると家事も適当にしかやらないという感じですから、頭が下がります。

マリさんを見てると、ちょっと働きすぎではと思うときもあるくらい、一秒

①前身の『兼高かおる世界飛び歩き』を含め、1959年から1990年まで、ジャーナリスト兼高かおるが、ナレーター、ディレクター、プロデューサーをひとりでこなし、世界150カ国以上を紹介した、紀行番組の金字塔。

たりとも無駄にしていないし、普通の人の3倍ぐらいの内容を生きているという感じがします。

ヤマザキ　よく言われるんですけど、結果的にそうなっているだけで、自分では意識していないんです。

竹内　マリさんがあれだけいろいろできるのは、やっぱり体力も相当あるということだと思いますね。

ヤマザキ　私、基礎体力はすごくあるんです。テレビの取材で中国のものすごい崖に登ったときも、背後から付いてきていた中国人カメラマンに「登山やってるんですか?」と言われてしまいました。登山だけじゃなく運動らしきことは本当に何もしていないのに、なぜかすいすい登れてしまう。たぶん、体のつくりがそうなっているんですね。

だから、そうやって動き回って忙しくしているのは運動不足解消というか、それによって自分の体調を整えているのかもしれません。ジムのような場所にはまったく行く気にはなれないんですが。

竹内　私も義務化されるのが苦手な人間なので、ジムに行ったりヨガのレッスンを受けたりしてもまったく続かないですね。気ままに長時間歩いたりすることが私にとっての運動になっているのかもしれません。

ヤマザキ　まりやさんは、何かスポーツの経験はありますか？

竹内　中学・高校で軟式テニスをずっとやっていたので、球技や体を動かすことは好きですね。

ヤマザキ　私も体を動かすのは好きなんですが、ひとつのことに集中するのは飽きるから、もしかしたら、トライアスロンみたいなのが合ってるのかもしれない。やってみたいとはまったく思いませんが、水泳と自転車ロードレースとマラソンでしたっけ、いくつかのことを同時進行で実践していくあのスタイルは、なんというか、子育てしながら仕事したり友達と会ったりする、女性の人生みたいな競技だなあと感じたことがあります。

竹内　本当にそう。女の人生はまるでトライアスロンです。

ヤマザキ　トライアスロンという競技は1970年代にアメリカで始まりましたが、古代ギリシャのヘラクレス神話を思い出してしまいます。ヘラクレスは様々な苦行と向き合わされて、あらゆる運動能力を駆使してきますが、トライアスロンも、ヘラクレスみたいな肉体の強さがなければ乗り越えていけない種目ばかりですよね。

竹内　そこは女の強さというか、とりあえず明日生きるためにお米を手に入れなきゃいけない、そのためだったらなんでもやれる、みたいな覚悟の持ち方かもしれないですね。肉体では圧倒的に男性にかなわないけど、女性の方が肝がすわっている部分があると思うんです。男の人はプライドや沽券のようなものが邪魔をして、完全な捨て身になることが難しいような感じもします。

ヤマザキ 男性は失敗をして恥をかく可能性があることをそれでもあえてチャレンジする、という感じではないのかもしれないですね。

竹内 そこがまた、男性の表現者と女性の表現者の力の出し方の違いなのかもしれませんね。

ギリシャ語の「苦しみ」が意味するもの

ヤマザキ そういえば、ギリシャ語のアゴーンって「苦しみ」という意味なんですけど、この「アゴーン」という言葉には「運動」という意味も「表現」という意味もあるんです。そう考えると、漫画家はアスリートみたいに体を張って表現するわけではないとしても、どこか運動的な意識もあるのかなと思います。漫画を描いていると、「今日は10キロ行った」「明日はもう10キロ」みたいな感じで、毎日マラソンしているような気持ちになりますし、やっぱり耐久性と持続力が大事なんです。

竹内　マリさんの漫画を読んでいて、マリさんがどれだけの時間を費やし、肉体を酷使してこれを描いているんだろうって想像すると、それだけで気が遠くなってしまいそう。

実はエンターテイメントの世界って、そういうアスリート的なところがあるんですよね。たとえば達郎②がライブをするときは、あの重いギターを抱えて、自分の声帯を震わせて、3時間立ちっぱなしですから、ライブも肉体というものを使った体力勝負の表現だと思います。

ヤマザキ　しかも、トイレにも行かない。見ている方は圧倒されますよ。

竹内　達郎は元々、生で歌うことをミュージシャンとして一番大事にしていて、ライブが好きなんだと思うんです。私自身はライブをほとんどやっていないので、普段あんなふうに肉体をハードに使った表現はしていませんが、彼のライブという理想型を見てしまったことで、自己獲得目標が高くなりすぎてしまったところがありますね。

アマチュアだったときは、オーディエンスに自分の歌を聴いてもらうことそのものが楽しくて活動していたんです。でも、デビュー直前から達郎のライブを見始めて、果たして自分はお客様からお金をいただいて歌を聴かせる場に立っていいのだろうか、と自問するようになりました。あのレベルに届かない

②山下達郎。シンガーソングライター、作曲家、音楽プロデューサーにして日本有数のヒットメイカー。1982年竹内まりやと結婚。以後竹内の作品の編曲・プロデュースを全面的に手がけている。

自分がいるということがすごいジレンマだし、一方で、あそこまでやったら今度は創作するエネルギーが絶対に残らない、ということもあります。私はインドア系というか、内省的にいろんな楽曲を書いたり、それをスタジオで試行錯誤しながら密度を高めていって制作するというそのプロセスが一番好きなので、達郎とは表現方法が違うタイプなんですね。

ヤマザキ　なるほど。とはいえ、表現によって他の人たちの心を動かすということでは、人々によって繰り返し聴かれることとなる録音にも、ライブと同じポテンシャルがあるように思いますが……。

竹内　普段の生活にも通じることですけど、結局、自分が他者の喜びとなるような何かをできるのか、ということなのだと思います。たかが歌じゃないのというところはあっても、私なりにリスナーが喜ぶ歌はつくれるだろうかとか、あるいは人生の歌ならば、そこに他者が共有できる想いがあるかどうかということは常に考えますね。

自分の中にないものはもちろん表現できないんですけど、単純にたくさんの人に届けるために、自分の魂まで売って表現するようなことはしてはいけない、という難しさもつきまといます。もちろん、自分の作品によって誰かが幸せになるということで逆にこちらがエネルギーをもらって、そのエネルギーで曲を作り続けているようなところはあります。それは表現者としての喜びでありモチベーションなんですが、生み出すまでは苦しみでもありますね。

ヤマザキ　やはり苦しみあっての創造ということですね。アゴーンですね。

竹内　マリさんの『オリンピア・キュクロス』に出てくる村長さんが、壺絵描きの主人公に「職人というのは、売れるものをつくってなんぼだ。そうじゃないものは、ただの自己満足だ」みたいなことを言うじゃないですか。あの言葉は奥が深いですね。

ヤマザキ　あれは、漫画家としての自分の経験から生まれたセリフなんです。油絵はどうせお金にならないというあきらめを感じながら描いているところがあったので、あの当時の私の作品はかなり自己満足的なものばかりでした。だから、漫画を描くときはそうならないようにしようという気持ちを強く意識しますね。単に「これをやりたいから」ということではなく、たとえシリアスな漫画であっても、どういうふうにしたらみんなが楽しいと思うかということは、いつも潜在的に意識しています。

竹内　表現者は、みんなそうだと思います。人のニーズを満たすものを差し出すだけでもだめだし、自己満足だけでもだめ。そのふたつの接点を常に見出していかなきゃいけないことが闘いなんですよね。

たとえば、「この言葉を選びたいけど、多くの人はこっちの言葉やメロディの方が好きだろうな」というときに、「でも自分は絶対これ書きたい」というせめぎあいの中でどちらを取るか。そこは表現していくときのひとつの醍醐味でもあります。

ヤマザキ ものを作る自分を別の自分が見ている。自分を客観的に見ているということですね。

竹内 そうですね。プロデューサー的な自分が、歌手としての自分に何を歌わせたいのか考えるということは常にあります。だけど、やっぱり「これが売れるだろう」というマーケティングのようなものだけでは音楽はやっていけないと思うし、何かひとつ自分が信じられるものを貫いていかないと、しっぺ返しが来るんです。

ヤマザキ まりやさんや達郎さんの音楽は、すごくマニアックな部分と、普段音楽を聴かないような人でも心打たれるポピュラーさの両方の要素を持っていますよね。その多元性が、ミュージシャンとしてのクオリティの高さに結びついていると感じます。

竹内 私の音楽についての知識がない人でもメロディのかけらを聴いたときに、「ああ、これなんとなくいいな」と思ってくれるというのが一番嬉しいんですけど、作り手の側が「あの曲のギター・リフの渋さに気づいてもらえたらいいのに」なんて思っているところに気づいてくださる人も時々いるんです。それもまた喜びなんですよね。

ヤマザキ　私も漫画を描くときに、多くの人に受け入れられるシンプルさやポピュラリティは大事だと気を配りつつも、同時にこの漫画の深い部分を探りたくなる読者が増えたらいいなと思っています。自分が熱中できることであれば、アプローチにも情熱と力が入る。技巧として、間口を広くとりつつも、その向こう側の広い世界に皆さんを誘いたい、というのか。

竹内　それを実現させるのが表現の理想ですよね。

ヤマザキ　『テルマエ・ロマエ』もそんな動機が、潜在意識で働き続けた結果として生み出された作品といえます。常々これだけおもしろい古代ローマの敷居を日本ではあんなに高くしていて勿体ない、とは思っていたんですが、お風呂という次元で展開すれば誰でも入ってこられるかも！と閃《ひらめ》いたんです。

竹内　たぶん、ポップでわかりやすいものの中にある深いものを直感的に感じる人たちも大勢いると思うし、逆に、そういうものでなければ、時代を経て残っていくことは難しいかもしれないですね。

エンターテイメントは生きる苦しみから私たちを解放する

竹内 音楽と違って、スポーツは記録や勝ち負けがはっきりしてますよね。たとえば、チャート1位になった曲がチャート60位のものよりも優れているとは言えないけれども、スポーツの1位と2位は決定的な差です。スポーツはそういう過酷さをより含んでいるし、まさにマーケティングなんて関係なく、身ひとつでやらないといけないものですね。

ヤマザキ オリンピック選手は、とにかく人々の期待に応えるために、金メダルを獲らなきゃということが最優先ではあるのでしょうけど、彼らのエンターテイメント性はやはり勝負の結果であり、あの瞬間こそが強く人の心を動かすのだと思います。

竹内 マリさんの漫画を読んで、古代のオリンピックは神への捧げ物だったということを知ったんですけど、あの場にいられる選手というのは、きっと神が与えたギフトのような天賦の才を持っていたわけで、そういう宿命の下に生まれた人たちの集合なんですよね。

ヤマザキ そうなんです。だから古代ギリシャでは、勝者が褒め称えられる一方、そこに到達できなかった敗者はボコボコにされていたんだそうです。
勝者が称賛されるのは運動という苦しみを乗り越えられるものだからこそ、ということなんでしょうけど、そもそも生きること、人生とはそれ自体が苦しみであるというふうに古代ギリシャ人は捉えていたのだと思います。オリンピックみたいな運動だったり、あるいは音楽や演劇に喜びや感動や解放を求めることで、苦しい人生を生きていけたという点は、現代の私たちと同じですよね。

竹内 生きることの根源的な苦しみは皆が共有しているもので、勝者となった人がそこから一回、解放してくれる。スポーツで勝利した選手が記録を残し讃えられたりすることでこれまでの鍛錬や努力が報われるシーンを見て、私たちはその苦しみからの解放のようなものを自分に重ねて見る、だから感動するんですよね。

ヤマザキ でも、現代の運動はかなりゲーム的な要素が強いから、「勝った、負けた、良かった」というだけのものとして通過していく感じもあります。

竹内 そんなふうに刹那的なエンジョイメントとして受け止められている一方で、実は勝ち負けだけじゃないところもあると思うんですよね。ソチ冬季オリンピックで6位だった浅田真央さんに私たちがあれだけ感動したのは、ものすごいプレッシャーの中で彼女がオリンピックの最後に最高の演技をやり遂げた、その過程に想いを寄せたからだと思います。勝った人にも負けた人にも物語があるし、その物語に私たちは心を動かされるんですね。

ヤマザキ　そう、物語なんですよね。そこで思い出すのが、札幌冬季オリンピックのフィギュアスケートで銅メダルだったジャネット・リン③です。彼女は全米選手権で何回も優勝した実力者で、もちろん金メダルを期待されていたし、本人も金が欲しかったと思うんですけど、スピンで転んだときに全然悲愴にならないんですよ。あ、やっちゃった！みたいなやんちゃな笑みを浮かべた。あのかわいらしさで「氷上の妖精」と称されて、日本中が彼女の虜になった。彼女の競技のあとは金メダルを獲得した人についてより、巷では皆彼女のことばかり話していました。あのジャネット・リンのすってんころりんは、未だにレジェンダリーですよね。

竹内　今、思い出したんですけど、私、アメリカの高校に留学した1972年末に、ジャネット・リンさんのお宅に行ったことがあるんです。

ヤマザキ　なんと、そんなことが⁉

竹内　ちょうど札幌オリンピックの直後ぐらいのときですね。留学先がイリノイ州で、たまたま隣町にジャネット・リンが住んでいることがわかったんです。それで、ホストファミリーのお父さんに「車で1時間行ったところに、ジャ

③フィギュアスケーター。1972年、札幌冬季オリンピックに18歳で出場。フリー演技で尻もちをつく失敗があったものの、銅メダル獲得。その愛らしい笑顔から「札幌の恋人」「氷上の妖精」と称された。

ネット・リンという有名なスケーターが住んでいるから、もし会えたらうれしい」とお願いして、彼女に手紙を送ってもらったところ、「日本の人にはとても親切にしてもらって、すごくいい思い出があるから、ぜひ来てください」という返事が来て、ご自宅に伺うことになったんです。

彼女の家は敬虔なクリスチャン・ファミリーで、ご家族と一緒に大歓迎してくれました。日本から送られてきた千羽鶴が部屋中に飾ってあって、日本がいかに素晴らしかったかという思い出話やスケートにまつわる話を聞かせてもらって、手作りのお菓子とお茶をいただいて帰ってきたんですけど、そのときの写真、たぶんどこかに残っていると思います。彼女はあの後まもなく引退して、子だくさんのいいお母さんになったそうですね。

ヤマザキ　でも、ジャネット・リンは、まさかそのときに自分の家を訪ねてきた日本人留学生の少女が、後々日本のミュージック界で活躍するなんて知らないわけですよね。すごい話ですね。この対談がきっかけになって再会！なんてことまで妄想してしまいました（笑）。

竹内　誰かがSNSで「こんなことが書かれていたよ」って発信した内容が、どこかで彼女につながっていったりしたら楽しいですね。お互いに歳月を重ねた今、また会えたら素敵だなと思います。

「好き」ということに素直でいられるか

竹内　今フィギュア界では羽生結弦選手が世界のトップになって、テニスでも私と同郷の錦織圭選手が世界的に活躍する有名プレイヤーとなっていますが、札幌オリンピックの時代にはまだそんなことが起こるなんて思いもしなかったですよね。あの頃、日本人には体力的にも、体格的にも難しいと思っていたことを超えてきた彼らはなんてすごいんだろう、と心から思います。昔は、外国人が相手だというだけでコンプレックスがあるように見えたけれど、今は海外に出ていくこともあたりまえになっていますし。

ヤマザキ　海外で活躍する若い日本人アスリートたちを見ていると、日本がグローバル化してきたということを実感します。運動に限らず、世界一のピッツァ職人選手権でも、何度も日本人が優勝しているんですが、やはり日本人は外来文化をとことん極めたくなる傾向が強いように感じます。

竹内　西洋の文化を日本人なりに取り入れたものを、逆側の西洋人が何か違う新しいものとしてみつけるというのはおもしろいですよね。

たとえば、達郎や私が昔つくった「シティ・ポップ」の楽曲が、今になって、いわば洋楽ネイティブの人たちに何千万回もユーチューブで再生されるという現象が起きています。我々は幼い頃から洋楽にあこがれて、それに近いテイストの音楽を目指して曲をつくってきたわけですけど、海外の人たちが日本語の歌を新しい文化のように聴いてくれているというのは、なんだかすごく不思議な感じがします。

『テルマエ・ロマエ』も海外で翻訳されているんですよね。ヨーロッパの人にしてみれば、なぜ日本の漫画家がこんなに古代ローマに詳しいのか、もうびっくりしてしまうと思います。

ヤマザキ　パリに行ったとき、「なぜあなたはローマ漫画を描くのか」と取材されて、いろいろなメディアで特集が組まれてしまったんですけど、何も西洋史だからといって、携わる人が西洋人でなければいけないという制約はないと思うという話をしました。逆に日本人である私の視点だったから、入浴文化に着眼できたというのもあったかと思うのです。シティ・ポップであっても、西洋を捉えた内容の漫画であっても、元々島国という特殊な環境に置かれていた日本人には、外の文化を積極的に摂取したいというエネルギーが他国の人よりも強くあるのかもしれないですね。

でも、今の世の中の悪い点は、海外に行かなくても、テレビやネットを観ていれば全部疑似体験できてしまうくらい、情報が入りすぎているというところです。お金も使わなくていいし、語学ができない屈辱感や劣等感を感じなくてすむけれども、それでは想像力も鍛えられないし、国外へ出ていって自分の肌身で異文化を感じようという欲求も湧かないですよね。

竹内 ヴァーチャルで体験した気になっていても、実際にはその場所に行かなければ香りは嗅げないし、本当の空気感も味わえないんですけどね。確かに、便利になりすぎているところはあって、そういうツールがなかった時代は逆により大きな夢を運んでもらえたという気はします。

でも、これだけネットでいろんな情報が見られる時代に、それでもハードなスポーツ選手になることを夢見られる精神力ってすごいなとも思いますね。高橋尚子さんの「すごく楽しい42キロでした」とか、北島康介さんの「チョー気持ちいい」とか、国の期待を一身に背負うということとは違う、もっと自分に挑戦する楽しさや夢を持ってスポーツができる世代が出てきているんじゃないでしょうか。

ヤマザキ 彼らは、金メダルを獲るか獲らないかではなくて、全力を出しているか出していないかという、さらに深いレベルの戦いをしてますよね。もしかしたら、見ている人たちが一番力をもらえるのは、北島さんや高橋尚子さんみたいなタイプのアスリートかもしれません。

竹内　彼らのようなアスリートたちが、もし負けたとしても案外潔い気持ちでいられるのだとしたら、やっぱり、自分がそのスポーツが純粋に好きというところに原点があるような気がします。

「好き」ということに素直でいられる、そこを貫くというのもなかなか大変なんです。さっきの自己満足の話じゃないですけど、その「好き」ということだけを探し続けるわけにはいかないですからね。でも、そこを見失うと、たとえばヒットチャートには入っているけれども妙にやりがいがないとか、そういうことが起こるかもしれない（笑）。

ヤマザキ　それは、漫画家でもありますよ。

竹内　自己マンネリズムのようなものになっていくことだってあり得るわけですけれども、やっぱり、好きだとか、ときめき、表現したいと思うパッションみたいなものをずっと持っていたいと思います。

マリさんは「漫画が好きで漫画家になったわけじゃない」ってよく言いますけど、今、漫画家をやっているのは、絵を描くことが好きだというところから導かれているわけですよね。私なんかは単純に歌が好きというところで、結局は歌を選んだわけですが、元々は音楽を聴くことが好きというシンプルな喜びから始まっているんです。思いがけずプロになってしまって、ビートルズに出会った小学生の私が今の私を見たら、「60代になっても彼らの曲を歌ってる!」って、めちゃくちゃびっくりするでしょうね。

私、去年(2018年)がデビュー40周年ということで、今年3枚組のアルバム(『Turntable』)④を出したんですけど、ディスク3には、ビートルズはもちろん、私が子どものときから聴いてきた洋楽を集めていて、それこそ完全な自己満足ですね。でも、このディスク3の音楽への思い入れがなければ、私という歌手は生まれていなかったと思うんです。

ヤマザキ まりやさんのルーツがそのディスク3に凝縮されているんですね。

竹内 このディスク3に日本では「ヒロシです」のBGMで知られている「Che Vuole Questa Musica Stasera ~ガラスの部屋」という60年代のカンツォーネを入れているんですが、イタリア語ができないから、マリさんに指導していただいて。

ヤマザキ 「指導」というより、素晴らしいイタリア語を拝聴に伺いました(笑)。

竹内 自分が聴いてきた洋楽のカバーを自己満足で歌うアルバムなんて、普通、出させてもらえないですよ。でも、音楽を長くやり続けてきたことによって、

④モア・ベスト、レアリティーズ、カバーズのコンセプトごとに分けられた40周年記念3枚組アルバム。初回プレス分のみイラスト・ヤマザキマリによる別冊「まりやちゃん special book」封入。

それが実現できる、ということもあると思うんです。達郎の『ON THE STREET CORNER』⑤も、彼の究極の趣味であるドゥーワップのアカペラアルバムですけど、彼も「このアルバムを作るためにオリジナルアルバムを出してきた」とさえ言ってますからね。

ヤマザキ　ファンの人も、アーティストが極めたいものを達成できた瞬間を待ち構えているところがありますよね。２０１４年の達郎さんのManiac Tourも、ヒット曲を一切抜きにしてご自身がやりたい曲ばかりをやるというライブツアーでしたよね。達郎さんほどのキャリアがあっても初めて実現できた試みだったと聞いて、「そういうタイミングが来た瞬間に立ち会えるなんて！」と感激しました。

私自身、ずっと漫画をやっていきたいということでもなくて、お金のためにあきらめてしまった油絵をまたやりたいとか、文章だけを書いていきたいとか、そういう想いがどこかにあるんです。まりやさんの話を聞いて、たぶんそのために今すごくがんばって漫画をやっているんだ、と思いました。

竹内　たぶん、がんばらなきゃいけない時期というか、いろいろなことを経験したり取り入れたり、取捨選択するためのトライ・アンド・エラーの時期って、誰にも必要なんでしょうね。

⑤山下達郎による「ひとり多重コーラス」で制作されたアカペラアルバム。１９８０年に「１」、１９８６年に「２」、１９９９年に「３」が発表されている。

ヤマザキ　しかも、エラーは実は素晴らしい栄養素を持っている。

竹内　そうそう。エラーが生むフロックというか、予想もしない幸運な結果を生むこともあるから。

ヤマザキ　失敗や挫折を味わわないと次のステップに絶対につながっていかないというのは、すごくアスリート的な話だと思います。なんだか、アスリート対談みたいになりましたね（笑）。

竹内　表現者には、好きを貫く気持ちの強さだけではなくて、好きだと思うことを表現できる体力も必要ですね。そこが足りないと、自分が目指すところに達することができなくて、折れてしまうということになるかもしれない。そういう意味では、表現者もやっぱりりっぱなアスリートだと思うんですよね。

脳科学が解き明かす運動と人間の秘密

ヤマザキマリ対談集

第3回

ヤマザキマリ × 中野信子

中野信子（なかの　のぶこ）

脳科学者、認知科学者、医学博士。1975年東京都生まれ。1998年東京大学工学部応用化学科卒業。2008年同大学大学院医学系研究科脳神経医学専攻博士課程修了。同年よりフランス原子力庁サクレー研究所で博士研究員として勤務。2010年帰国。以後、脳や心理学をテーマに研究や執筆の活動を精力的に行っている。2015年より東日本国際大学教授。著書に『悪の脳科学』『脳内麻薬』『あなたの脳のしつけ方』『サイコパス』『パンデミックの文明論』（ヤマザキマリと共著）など多数。

対談日：2019年8月27日

オリンピックとはなんだったのか

ヤマザキ　今回の対談では皆さんに運動の経験について伺っているんですが、中野さんからは、失礼ですが、運動のオーラというのをまったく感じないですね（笑）。

中野　そうですね。百歩譲って筋トレぐらいはできるかもしれないですけど、チームでやる運動は苦手ですし、そんなに興味があるわけでもなく、積極的に観るということもあまりないですね。

ヤマザキ　私もイタリアにいるときは、それこそ長いものに巻かれる状態でサッカーの試合を観たりしますが、それは自分の心にスイッチを入れてやるようなことなんですよね。

中野　マリさんも私も、周りの人に合わせなきゃいけないということに親和性が高くないんでしょうね。漫画を描くということも、何かを調査して研究するということも、どちらかといえばひとりでやる作業ですね。あまり他からペースを乱されたくないという気持ちが強い人が向いている仕事です。そういう人は、もしかしたら結婚生活にすら向いていないかもしれない。

ヤマザキ　中野さんの『ヒトは「いじめ」をやめられない』という本の中にも、「フリーライダー」という、アウトサイダーになる立場の人が出てきましたけど、まさにあれですね。

今度のオリンピックに対しても、「オリンピック、いいことじゃん」という空気がある中で、「こういうの、やる必要があるの？」なんて言って、何か和を乱す立場になってしまう。

中野　東京オリンピックを無条件に喜んで礼賛するのでなく、「ちょっと立ち止まって考えてみませんか」と言うだけで、反日だと批判されかねないような空気が生じたのにも驚きました。オリンピックに興味があるかという質問自体が、政治的な判断を求められるものに変容するというか。

確かに、オリンピックは大きなイベントで、ある種の熱狂を生む祭典であることには間違いないんですが、私自身はできるだけ冷静でいたいんです。とはいえ、みんなが盛り上がっているところを観察できる良い機会だとも思っています。少なくとも、自分の国でオリンピックをやるなんて何十年に一度しかないことで、めったに見られないものが見られるはずですから。

ヤマザキ　それは私も同じですね。

そもそも、『オリンピア・キュクロス』という漫画を描こうということになったのは、たまたまテレビでオリンピックの閉会式を観ていて、もしも古代ギリシャのアスリートが現代のオリンピックの閉会式にうっかり入ってきたら、おもしろいことになりそうだなあ、なんて妄想が浮かんだからなんです。

コロシアム的なものとして国立競技場みたいなスタジアムが未だに使われているということにも驚くと思いますけど、そうやって普遍的につながっているものがある一方で、オリンピックのコンセプトはもう全然違ってしまっているわけですよね。元々は、ゼウスという神に奉納されていたはずのオリンピックが、二千何百年後には大きな経済効果を生み出す一大イベントという扱いになっている。毎度のオリンピックはその都度の人間の精神性や社会環境を反映しているのがおもしろいですね。

中野 古代ギリシャの信仰は生きた形としてはほとんど残っていないので、私たちは文献的な知識でしか知らないですよね。信仰ということ自体も科学によって揺さぶられて久しい中、イベントだけが残っている。それこそ、この漫画の中でプラトンが言っている魂の配慮[①]ということも、たぶん今の人が聞いたら「何のこと?」とぽかんとしてしまうでしょうし、近代オリンピックを始めたクーベルタンのことですら、ほとんど知らない。

ヤマザキ ましてや、なぜ2800年前のギリシャにオリンピックというもの

①プラトンの『弁明』に記されたソクラテスの弁論のひとつ。「金銭や名誉といった執着から意識を切り離し、人間の真のあり方、生き方と純粋に向き合うという意味」(『オリンピア・キュクロス』第3巻より)。

が発生したのかということなんて、ほぼ今の世界の誰も知らないし、気にもなってないわけです。なぜ人間はスポーツをしなければいけないのか、なぜスポーツをする人を見て感動したり泣けたりするのか、誰も気にせずにイベントだけが実施されている。

別に知らなくてもいいとは思うんですが、立派な建造物よりも、人々のオリンピックへの認識の高さの方が、招致国として必要なことなんじゃないかと感じたんです。

代理戦争で死んではいけない

ヤマザキ　この漫画を描いていく中で気になり始めたのが、なぜ日本のニュースの半分ぐらいは運動なのか、ということなんです。みんなそんなに運動が好きなのか、ということもありますけど、野球でもサッカーでも、日本の選手が海外で活躍するということをすごく報道するじゃないですか。

海外のメディアでは、自分たちの国の選手が外国でがんばっていることなんてほとんど言いません。なんせ、それより人々に知らせるべき他に重要なニュースが山のようにあるんですから。ニュースのあり方自体がなんだか違うのかもしれません。日本では報道よりも、人々を元気にさせる内容でなければならない、みたいな方向性も感じられます。

中野　面白い現象ですね。

ヤマザキ　あと、日本ではやたらメダルのことに言及しますよね。「メダルを20個目指しています」とか「金メダル何個獲る」とか、なんだかメダルをもらえないとがんばったことにならないみたいな感じがしてしまうんです。まるで貨幣価値を生まないものは意味がない、みたいな考え方が、運動とメダルの個数にもあるような気がして。

中野　あれは私も不思議ですね。もちろん、メダルという目標があった方ががんばれる人もたくさんいるし、自分の応援している選手がメダルを獲れば、観ている方も楽しいとは思うんです。メダリストになれるかなれないかは、選手のその後の人生での活躍ということにも関係しますから、メダルは大事でないとはもちろん言えない。でも、そこを国として後押しするとなると、ちょっとややこしい問題が生まれても来ます。

ヤマザキ　北朝鮮や中国のような国はまた違うでしょうけど、少なくともヨーロッパでは「メダルを何個目指す」なんてことは言わないし、メダルはまあ、獲った人たちの成果であって、自分たち的にはほぼどうでもいいと思ってるところがありますね。

中野　日本とは雰囲気がかなり違いますね。

ヤマザキ　はい。たとえば日本人の選手は「金メダルを獲れなかった」と言って泣いたりしますよね。ヨーロッパのメダリストには、医学生や弁護士という顔も持ちながら、「片手間に運動やったら、なんとなくオリンピックの選手になって、しかも金メダル獲れちゃった、ラッキー！」みたいな感じの人がたくさんいますけど、その横で日本人が銀メダルを持ってうなだれていたりする。このテンションと温度差の違いはなんだろうと思います。

中野　銀メダルの人の幸福感は銅メダルの人の幸福感より低いという調査を見たことがあります。銅メダルの人は「獲れなかったかもしれないものが獲れた」という嬉しさがあるんですけど、銀はむしろ金メダルに届かなかったというマイナスの部分が大きいという。

ヤマザキ　銀メダルは残念賞みたいな感じで、微妙なんですね。でも、メダル自体が争い事の習わしと言えますよね。

中野　人間は戦って繁栄を勝ち取ってきた種だともいえます。なので、争うなと言っても争ってしまうのはもう、不可避なんです。勝った側にとっては戦争というものはメリットもある。けれど、もちろん双方に犠牲は避けられない。

なので、人類という大きな単位で考えたとしたら、やっぱり全体としてのリソースは減ってしまうといえます。となると、代理戦争という形でスポーツをするということには、一定の理由があるのだと思います。

ヤマザキ 古代ギリシャのオリンピア大祭も、戦争に次ぐ戦争で疲弊する中で、神々に運動を捧げ、諍《いさか》いを一旦停止するということで始まっています。ただ、個人として参加していたオリンピア大祭の競技者と違って、今のオリンピックのアスリートは国の代表として来ている。特に日本では、それぞれがナショナリズムというプレッシャーを背負った戦士のような印象を受けますね。

中野 スポーツという言葉は元々、「デポルターレ」というラテン語から来ていて、日常から離れてリラックスするとか、心を遊ばせるものという意味だったんです。でも、日本では、なぜか「体育」と訳されてしまったんですよね。「体育」って、ちょっと端折《はしょ》ってしまいますが、要するに皆兵制を前提とした軍事教練をベースにして成立したものですから、だいぶ趣が異なります。

ヤマザキ 学校で「右へ倣え、前へ倣え」と号令をかけたり、行進したり、そんなのイタリアではやらないですからね。

そういう「お国のために」という「体育」が抜けきっていない状況で運動をさせられたのが、円谷幸吉[②]さんです。円谷さんは自衛隊員でしたからよけい

②陸上長距離選手。福島県立須賀川高校から陸上自衛隊入隊後、自衛隊体育学校第一期生となる。東京オリンピック1万メートル6位入賞、マラソンで銅メダル獲得。1968年自死した。享年27。

国のためという意識が働いたのだと思いますが、敗戦から20年ぐらいしか経っていない中、たまたま有望な選手だったということで、いつのまにか日本の戦後復興の象徴にされてしまった。１９６４年東京オリンピックで銅メダルを獲ったにもかかわらず、「次のメキシコ大会で金メダルを絶対に獲れ」と圧力をかけられ続けた円谷さんは、結局その国の期待を背負った状態に疲れ果ててしまって、自死を選びます。

中野　この事件については思い返すたび涙が止まりません。本当に悲しい事件ですよね。

ヤマザキ　肉体も、怪我の手術などでボロボロになっていたし、婚約者とも別れさせられて、円谷さんはプライベートという逃げ場を一切失ってしまった。もう金メダルだけを考えて生きていくしかないという切羽詰まったところに追い込まれたことが、あの悲劇につながっていったのではないかと思います。「オリンピック、オリンピック」と盛り上がっている中で円谷さんの話はほとんどされませんが、もっと世に知られるべきことかと思います。

中野　自分ががんばって、その結果として勝利を得ることで日本の人々を元気づけたい、という気持ちは共感できるものです。理解できるし、当時の選手たちもそのためにがんばっていたと思います。でも、その陰で潰れてしまった円谷さんのような人のメンタルを、ケアできなかったことも事実です。メダルを獲れなかった人に対して非人間的な扱いをする空気はだいぶ薄くなってきていると思いますけど、ああいうことは、もう起こってほしくないですね。

ヤマザキ　そうですね。そもそも肉体を謳歌し、生きる喜びを感じるためのスポーツで、人が死ぬのはあり得ないことなんです。

1964年の東京オリンピックで、ゴール直前に円谷さんを抜いて2位になったイギリスのヒートリーは、表彰台で片腕しか上げられなかったそうです。1位のアベベも3位の円谷さんも両手を上げているのに、やっぱり日本のすべての期待を背負って走っていた選手を抜いてしまったという後ろめたさがあって、嬉しくなかったということだったみたいですね。それだけ、ヒートリーはあの国立競技場の満員の観衆のものすごい圧を感じていたんだと思います。

中野　しかも、彼は20年前に日本に原爆を落とした側の国民だったわけですから。それは、きつかったでしょうね。

ヤマザキ　ヒートリーは漫画に描いても、キャラが立ってくれそうです。

中野　私も、メダルが獲れたかどうかより、選手の背景にあるドラマの方に興味があります。

利他的と利己的の狭間で

中野　そもその話になりますが、私のように運動が嫌いな個体でも生きていけるのは不思議なことなんですよ。たとえば、運動が嫌いなチーターがいたら、死んでしまいますよね。

ヤマザキ　餌が取れないですからね。

中野　でも人間は社会性があるので、運動が嫌いな個体は、知恵や記憶、あるいはエンターテイメントといったものを運動が好きな個体と等価交換することができる。それによって、人間は集団として生き延びやすくなっているわけです。

といっても、今は社会の構造が変化してきているので、運動能力が高いことは必ずしも餌をたくさん取ってくることに直結しません。それなのに、人間が生きていく上で運動が必要とされるというのは、考えてみると、面白いですね。

運動は短期的な経済合理性には全然マッチしない行動で、必要な食べ物を取ってきたら、あとは動かないでいる方が、よほどエネルギー的には得をするんです。それなのに、なぜか体を動かすことが好きな人たちがいる、さらには運動を観るのが好きな人たちがいる。この運動が好きという感情は、一見とても非合理的なので、面白いですね。

ヤマザキ でも、たぶん何らかの合理的な理由があるから、人々は運動に熱中するわけですよね。

中野 そうですね。チーム・スポーツは、けっこう説明しやすいんです。生物にとっては、まず自分が生き延びるという、個体の生存を優先する機能が第一義としてあるわけですが、実は人間も含めて群れを作る生き物には、それ以上に群れを優先しなきゃいけないという機能があるんですよね。特に、人間は子どもが成長するまで異様に長い時間がかかりますから、その間、子どもは敵に狙われやすい「おいしい餌」として存在してしまいます。身を守る外骨格もなく、逃げ足も遅い人間が、そのリスクから自分たちを守らないといけないとなったとき、女子《おんなこ》どもを守るための装置として必要だったのが集団なんです。だから個体より集団を優先しないと、集団ごと次世代で滅びてしまうということになる。我々は、そうやってふるいをかけられて、自分よりも弱いものを助けてきた集団のなれの果てなんです。

チーム・スポーツでは自分が犠牲になって誰かのために何かをするというシーンがけっこうありますけど、チームのためにこれだけ陰でがんばって貢献したという選手を見て私たちが感動するのは、そういう自己犠牲的で利他的な遺伝子を持っているからだと思います。

ヤマザキ　つまり、アンパンマンみたいなものですよね。自分がかじられることによってみんなを守ろうとするその姿勢に、見ている人は心揺さぶられる。

でも、人間は常に利他的だというわけではないですよね。すごくサバイバルな状況では、それこそ子どもたちを押しのけてでも、自分が生き残ろうとする大人もたくさんいるじゃないですか。

中野　そうですね。利他的だけでも生きていけないし、利己的だけでも生きていけない。人間は常に両方のシステムを持っているので、私たちはその間を揺れ動いて悩むわけです。苦しいことですけど、それが適応的な形であって、どんな環境になっても適応の幅や選択肢を増やすための解なんですね。

たとえば、フランス革命時代に警察大臣だったジョゼフ・フーシェ③は、あの激動の時代に才覚で生き延びた人ですけれども、周りからは「人の秘密を握ってどんな汚いことでもやる奴だ」と蛇蝎《だかつ》のごとく嫌われていました。でも、家庭に帰れば大変優しい夫で父親だったと言われています。彼の中には善と悪の両面があったんですね。

ヤマザキ　人間っていうのは複雑な生き物ですよね。ちなみに、現代のイタリアにも、フーシェみたいな人は結構いますが、日本では社会でも嫌われた人は

③フランス革命からナポレオン帝政、復古王政にいたる政権中枢を、自らが作り上げた警察機構・秘密警察を駆使して渡り歩いたフランスの政治家。裏切り、変節を重ね、「カメレオン」の異名を持つ。

家庭でも嫌われるんじゃないでしょうか。この国では家族ではなく、社会がその人の評価の基準ですから。

中野 確かに、そういうところはありますね。

脳は怠ける方が心地よい

中野 これも興味深い性質なんですが、日本人は、自分で考えることがあんまり好きじゃない傾向があるようなんです。まさに「赤信号、みんなで渡れば怖くない」という言葉に象徴されるような。みんなやっているからいいんだと思って、自分がひどいことをしていることにそのときは気づいていないのだけれど、実は、冷静に振り返って見たらけっこう恥ずかしいことをやっていたり……。こういった性質のことを別に悪いと言いたいわけではなくて、考えない仕組みがある方が集団の協力構造を保持しやすいので都合がいい、ということが、生物学的な仕組みとして脳の機能に反映されている、というのが面白いところなんです。

ヤマザキ それは、怠けることができるということですか？

中野 まさにそうです。脳は怠ける方が心地いいんですね。人の言うことを聞く方がいい、という傾向の強い人は、よりこの心地よさの感覚が強いということです。もちろん、脳を働かせているときの高揚感というものはありますけど、その状態が長く続くことはありません。

　みんな思考するのは無料だと思ってますけど、コンピューターが電気を使うのと一緒で、我々も栄養と酸素というリソースを使って脳を動かしているんです。しかも、体重の割合から言ったら、脳の重量は2～3%しかないのに、全身で使う酸素の20%ぐらい、ブドウ糖なんて約25%も使います。

ヤマザキ　脳への負荷がオーバー気味。

中野　そう、超燃費悪いんですよ。全身からすれば、その燃費が悪い脳をあまり使わせたくないということなんです。

ヤマザキ　だから、ぼんやりしたくなるんですね。私はどうもぼんやりが苦手でして……寝ている間も脳は覚醒しているのだろうか。

中野　ヤマザキさんは脳を使っちゃうタイプの人ですよね。

　脳の機能は膨大な神経細胞のネットワークによって成り立っていますが、そのネットワークをつなぐシナプスのいわば「仕込み」が睡眠中に行われているんですね。すごくざっくりと説明をすると、シナプスを一回デフォルトの状態にし、新しい回路が作られることによって、記憶が作られていくという感じです。

ヤマザキ　なるほど。毎回記憶の新しいレイヤーが作られる。

中野　とはいえ、デフォルトのネットワーク以外はオフにしたいというときもあって、それにはメディテーションがいいと考えられているんです。

ヤマザキ　流行りのマインドフルネスですね。うちの旦那が1年ぐらいやってましたけど、瞑想をしてくれているときは静かでよかったんですよ。彼も多動だし、考えていることがすべて口から言葉として出てくるような人だったんで。

中野　メディテーションをやっている人は「自分の体が宇宙に溶けていくようだと感じる」と言いますよね。それはつまり、自分の体がここにあるという感覚がオフになっているんです。この感覚はオフにするのが難しい脳の領域のひとつで、MRIでも差分がとりにくいんですけど、メディテーションをしている人は、していないときとの差分がちゃんと出るんですよ。

ヤマザキ　そうなんですね。でも、旦那は「やっぱり僕には東洋的なものは無理だ、難しい」と、マインドフルネスの熱が冷めた後はタンゴを踊るようになりました（笑）。そういえば、運動中に無の境地になるというようなことが言われますけど、それもさっきのオフにすることと関係がありますか。

中野　それは、運動しているときにあまり脳を使わないと体にある程度リソースを回せる、ということだと思います。
私は運動らしきこととして、唯一、ダイビングをするんですけど、特にスキンダイビングでは潜っている間に考え事をすると早く息が上がるんです。けっこういっぱい空気を吸ったつもりでいても、さっき言ったように脳を使うことによってかなり酸素を消費してしまうので、ダイビング中はあまり考えない方がいいんです。

ヤマザキ　かつてキューバの海に潜ったときに、遠くに沈んでいる海賊船を見て「あの船、いつの時代のものなんだろう」とか「誰が持っていたんだろう」とか考えていたら、もうその瞬間に息が上がってしまいましたね。

中野　伝説のダイバーとして知られるジャック・マイヨール④は、素潜りで１００メートル以上とか、普通の人ではあり得ない深さまで潜れた人ですけど、潜っている間の彼の心拍はすごく遅くなっていたそうです。もしリアルタイムで彼のＭＲＩを撮れたとしたら、脳の活動も相当落ちていたはずですし、今でもフリーダイビングで記録を出す人は、おそらくそういう感覚になっていると思いますね。

④フランスのフリーダイバー。１９７６年エルバ島で人類史上初めて素潜りで１００メートルを超える記録をつくる。自伝をもとにした映画『グラン・ブルー』（リュック・ベッソン監督）で世界中に名前が知られるようになった。２００１年死去。享年74。

アジア系は「自分で決めたくない」タイプ

中野　遺伝子プールの観点から東アジア人とヨーロッパ人の違いを大雑把に言うと、脳内物質であるドーパミン⑤を分解しやすいかしにくいかということなんです。しやすいタイプが東アジア人で、しにくいのがヨーロッパ人になりますね。

ヤマザキ　それは、要するにどういうことなんですか。

中野　東アジア人には、ドーパミンが出てもすぐになくなってしまう人が多くて、あまり自分では考えたくない傾向になるようなんです。一方、ヨーロッパ人にはドーパミンが分解されずに残る人が多く、こういうタイプは自分で考えるのにそんなに抵抗がない。

ヤマザキ　そうすると、アジア系の人間は、自分ではあれこれ決めたくないということですね。

中野　そうみたいなんです。そうなると、何かをやるときには誰か最初にやった人についていくようになるということです。極端な話、ついていかなくて生き延びるよりも、みんなについていって死ぬ方がましと思っている人が多いと

⑤中枢神経系で働く神経伝達物質のひとつ。運動機能、ホルモンや循環の調整、学習、意欲、多幸感、快楽に関与している。欠乏するとパーキンソン病を発症し、過剰分泌によって統合失調症が発症するとされる。

いうことなんです。

ヤマザキ　そういえば、安部公房がエッセイの中で、動物行動学か何かについての項目で、どこかの温泉旅館で火災が起きて、一度は皆で外へ避難したのに、グループの中のリーダー格だった人が忘れ物を取りに戻ったら、みんなもついていってしまって、それで全員焼死するという事件があったと書いていました。

中野　なかなかインパクトのある話ですね。世間という宗教がもしあるとしたら、それが日本の宗教だと思います。

ヤマザキ　私はよく講演で、日本と古代ローマには似ているものがたくさんある、そのひとつは宗教的拘束がないことだと話しますが、日本人は世間という戒律の中に生きているんですよね。

中野　勝手なことをする人に対して、みんなで消し炭になるまで叩きますし、ヒーローが一夜にして消し炭になる国というのは、日本の特徴かもしれません。

ヤマザキ　ＳＮＳであっという間に炎上して、ものすごいことになったりしますからね。

　そういう手のひら返しみたいなことは、古代ギリシャでもあったんです。フェイディアスというアテネ一腕利きの彫刻家がいて、漫画家で言えば手塚治虫に全部注文がいくみたいな感じになり、他の人に仕事が回らなくなってしまった。結局彼は社会のバランスと秩序を乱す存在として、アテネのポリスから追放されてしまうんです。たとえどんなに素晴らしい彫刻を作る人でも、みんなに悪影響を与えるのでちょっと離れてもらえませんか、ということなんですね。古代ギリシャは多神教なので、これは宗教的拘束というよりも、民主主義の哲学の中から生まれた発想です。

中野　みんなと違う人に対するオーバーサンクション⑥が起こるんですね。個人の才能やポテンシャルよりも集団の方が重要だと多くの人が認識していた、だからソクラテスに毒を飲ませるみたいなことになってしまう。

ヤマザキ　そう、「特異な人は消えてくれ」ということですよ。

どちらが生き延びるかと言えば、毒をあおらせる側なわけですよね。でも、プラトンみたいに、しつこくソクラテスの言葉を伝える本を書いて弟子を増やし、「消えてくれ」と言われた側の立場をけっしてあきらめなかった人たちもいるんですけどね。

中野　なるほど、あえて挑んでいるんですね。

⑥過剰な制裁機能。集団の維持のために邪魔になりそうな人物に制裁行動を加えて排除しようとする機能（サンクション）が過剰に働くこと。

サイコパスから集団を守る

ヤマザキ　たとえば古代ローマでは法律、古代ギリシャでは哲学、ユダヤでは宗教というものが社会の統制のために用いられていました。でも、日本はそういう明確な判断基準がないし、しかも流動的なんですね。アメーバみたいにどんどん変わっていくので、「えっ、この間までこれだったのに、今回こっちに行かなきゃいけないんだ」と戸惑います。流行の移り変わりも同じで、私は日本に帰ってくる度、「ヤマザキさん、それ死語だよ」なんて言われてしまうから、まるで浦島太郎みたいな状況です。

中野　それも一応説明がつくんですが、まだ形にしていないから、ここでしゃべるのは、ちょっともったいない（笑）。

ヤマザキ　大丈夫、他の誰も書かないですよ。

中野　じゃあ、自分の考えをまとめるつもりで、少し話しますね。

善悪と美醜の領域は一緒だという話をしばしばするのですけれど、その領域にはサブエリアがあって、美しいということには実は2種類あるんです。ひとつは普遍的な美しさで、たとえば夕日を見て「醜い」という人はあまりいませんよね。そんなに山が好きじゃない人でも、富士山のことは美しいと思うじゃないですか。かたや、美人の基準はすぐ変わってしまうので、100年前の美人の基準は今、全然通用しません。

これはどういうことだろうと思って、いくつかメタアナリシス⑦をしてみたら、脳における「美しい」領域と、「かっこいい、クール」の領域が違うということがわかってきたんです。このふたつの領域は隣接しているんですが、「かっこいい、クール」の領域は頻繁に基準が変わるんですね。なぜ変わるのかということを考えていくと、実は善悪の基準も変わる方にあるらしいんです。脳が出すいわば暗号のコーディングを変えておかないとハックされる可能性が出てくるので、集団を守るために、善悪や「かっこいい、クール」の基準を変えているのではないか、という仮説を立てています。

なぜなら、サイコパスは人の善悪の基準につけこみ、「自分は正しい、みんなのために犠牲を払う人間なんだ」というふりをして、相手を操作するんです。だから、善悪の基準がずっと変わらないままだと、サイコパスはみんなを搾取する存在として君臨してしまう。でも、暗号を頻繁に変えておけば、サイコパスは常に変化していく基準をキャッチアップしなければならなくなり、大きな負担を余儀なくされます。

⑦独立して行われた複数の研究結果を収集・統合し、統計的方法を用いて解析すること。メタ解析。

ヤマザキ　昆虫の擬態もそうですけど、どんどん変化させることで、敵にわからないようにしていくんですね。

中野　変数を入れれば、変化のサイクルもある程度推定できると思います。変数には時間軸と時間依存的に変わる情報量がありますから、情報量が飽和すると、サイクルが変わります。今のネット社会でこれだけ情報量が増えていくと、サイクルも頻繁に変わるということになるでしょうね。

ヤマザキ　今の話で思い出したんですけど、漫画もやっぱり流行りがあって、ある年齢以上の漫画家はどんなにがんばっても今の顔が描けないんです。ところが、バブルの時期に活躍していたサブカルの人たちは、コロコロと変わる時代の流れにパッと自分たちをカモフラージュしていくのがお上手。

中野　おお。ちょっとサイコ力高いですね。

ヤマザキ　そうなんです。社会適応力の強い女性ではなく、みんな男性なんですよね。

中野　サイコは男性の方が多いんですよね。

ヤマザキ　やっぱりそうなんですね。中野さんと話していると、漠然と思っていたことがきゅっとまとまって本当にわかりやすいです。でも、今日の対談では普段以上に脳がエネルギーを消費した気がします（笑）。何かブドウ糖を補給しないといけないですね。

中野　私はそういうとき、ドライフルーツを愛用してます。

ヤマザキ　うちの旦那も、切らすと禁断症状が出るぐらいに、ドライフルーツをすごい勢いで食べるんですよ。穏やかだけど、脳の消耗が激しそうな人なんですよ、実際。中野さんに似ているかも。

中野　来世はヤマザキさんと夫婦かもしれないですね（笑）。

過剰な欲望をコントロールする身体のスキルとは

ヤマザキマリ対談集

第4回

ヤマザキマリ × 釈 徹宗

釈 徹 宗（しゃく　てっしゅう）

宗教学者、僧侶。1961年大阪府生まれ。1984年龍谷大学文学部仏教学科卒業。1986年同大学大学院文学研究科真宗学専攻修士課程修了。2001年大阪府立大学大学院人間文化研究科比較文化専攻博士課程修了。兵庫大学生涯福祉学部社会福祉学科教授などを経て、相愛大学副学長／人文学部教授。浄土真宗本願寺派如来寺（大阪府池田市）の住職を務めるかたわら、認知症高齢者の介護支援を行うNPO法人リライフ代表も務める。近著に『「観無量寿経」をひらく』『天才 富永仲基 独創の町人学者』『歎異抄 救いのことば』など。2009年「不干斎ハビアン論」で第５回涙骨賞優秀賞、2017年『落語に花咲く仏教 宗教と芸能は共振する』で第５回河合隼雄学芸賞を受賞。

対談日：2019年9月3日

仏教における入浴の意味

ヤマザキ 今日は、釈先生に仏教のことをいろいろ教えていただきたいと思っているんです。私自身も元々興味はあるのですが、一時期、うちのイタリア人の夫がすごく仏教にはまっていたことがありまして、あらゆる仏教関連の本を読みまくっては、毎朝、1、2時間座禅したりしていました。

釈 そうなんですか。

ヤマザキ その期間は未だかつてないくらい穏やかな人に変貌していました。でも、1年くらい経ったあと、突然「所詮自分はキリスト教の中で生まれ育っているから、やはり仏教的考えを理解するには無理がある」って途中でやめてしまった。それでも仏教を学んだ経験が彼を助けてくれていると感じることがありますね。彼自身の言葉では、人というものを俯瞰で見られるようになったし、過剰に盛らないということを学んだと言っていました。

釈 なるほど、おもしろい表現ですね。旦那さんの場合はキリスト教と仏教ということだったわけですけれども、やっぱり異質なもの同士が接触するということが一番クリエイティブだと思うんですよ。

ヤマザキ　確かに、自分が慣れ親しんでいるものと、違う考え方を同時にわかろうとするのは容易ではないですしね。

釈　たとえ理解できなくてもいいんです。たとえば、敬虔なムスリムの気持ちを理解しろと言われても、そもそも我々とは原理も暮らしている風土も違うので、なかなか難しいです。でも、理解できなくても、敬意を持つことは可能ではないですか。

僕はヤマザキさんの作品から、文化への敬意と馬鹿な人間への愛おしさみたいなものをすごく感じるんです。人間って本当にだめなところがある、でもそれが愛おしいという思いが、すごく伝わってきます。

ヤマザキ　ありがとうございます。

人間という生き物は知恵がついている分だけ、他の生き物より生きるのが面倒で大変なんじゃないかと、時々考えることがあります。他の生き物であれば本能に従って生をまっとうすればいいのに、私たちはいちいち余剰な意識に振り回されて、時には生きているのを止めたい衝動に駆られたりもする。でも、そんなときにうまくスイッチを切り換えたり調整したりすることができれば、人生の質も変わってくる。すべては自分次第ということなのかなと感じているのですが。

釈　以前、テレビ番組の人生相談でヤマザキさんとご一緒したとき、「とりあえず、お風呂に入って」って応答されていましたけど、要するに、お風呂でちょっと自分の感覚を変えてみるということなんですね。

ヤマザキ　はい、漫画のネタを考えるときや他の仕事でも、行き詰まったときには入浴ですね。お風呂でお湯につつまれ、しばし頭の中を完全な無の状態にすると、その後からの作業の効率が圧倒的に良くなります。脳内の老廃物や邪念が洗い流されたような感覚がある。

それこそ、日本の銭湯の歴史は、元々お寺で始まったんですよね。

釈　お寺は昔から施しのお風呂というものをやっていましたし、仏教の古い文献にも「沐浴しろ」ということが書かれているんです。これはインドの沐浴の流れから来ているもので、日本のお風呂は元々蒸し風呂が多かったわけですけれども、湯船に身体をつけるというのは、仏教によって日本に持ち込まれたという説もありますね。

ヤマザキ　キリスト教でも、イエス・キリストがヨルダン川に入って洗礼を受けたという話がありますし、今も教会に入ればば聖水をつけるという動作をしますよね。

釈　通過儀礼の重要なアイテムとして水やお湯というものがあるのだと思いま

す。たとえば、イスラム教ではウドゥと言って、お祈りの前に手足を洗いますし、神社でも水で手を浄めたり口をすすいだりしますよね。ただ、仏教の沐浴はもう少し身体的な意味というか、神様のためというより自分自身の心と身体のバランスを取り戻すための準備体操という意味があるんです。

ヤマザキ　つまり、あらゆる宗教において、水には不純物を流し出すという効果があると解釈されているってことですかね。

釈　そうですね。やはり、水はリセットの象徴であり、生命の根源を表すものなのでしょう。そういえば、東日本大震災の被災地でも、お寺の境内に仮設でお風呂をつくって、被災した方々に入っていただきましたが、お風呂に入った皆さんが「やっと日常が戻ってきた気がする」とおっしゃるんですね。まだまだ大変だけれども、厳しい状態を少しだけでも抜け出すことができたという感じが伝わってきました。

ヤマザキ　入浴が生活に欠かせない行為として人々に浸透していたところが、古今東西において日本人と古代ローマ人の共通点ですね。

『テルマエ・ロマエ』でも描いたことですが、古代ローマのお風呂も、体を洗ったりすることよりも、心底から寛ぐことでメンタルのバランスを調整するのが一番の目的でした。だから、元老院の議員のような人たちの内密な会議も、大浴場でお風呂に浸かりながら行われていたこともあったようですし、軍隊が遠征すれば、兵士たちが明日への活力を補えるよう、まずは浴場を設えていました。

釈　お風呂は奥深いですね。

さっきの人生相談じゃないですけど、今の日本って、すごく息苦しいところがあるじゃないですか。だから、ヤマザキさんがおっしゃるように、お風呂に入ってマインドセットを変えるというのは、すごくいいんじゃないかと思いますね。

日本の空気と生きづらさ

釈　これは、自分が大学の教員を30年以上していて、もうひしひしと感じていることなんですが、今の若い人の自己評価は国際的にも圧倒的に低いですよね。

ヤマザキ　「どうせ自分なんか」という風潮が感じられますよ。イタリアのように、生まれたときから「私の輝くお星さま」なんて言われて育てられると、誰も自己否定なんてしなくなります。傷ついても、自分で自分を癒す術を知っていますし。

アップルの創業者であるスティーブ・ジョブズがあれだけ横柄で、扱いづらい人だったのも、養父母から「おまえはスペシャルだ」と言われ続けてきたからだと思うのですが、どんなに学校でひどいことをしても、親は教師に「いや、この子はスペシャルですからこれでいいんです」と通してしまう。でも、そういう自己承認がなければ到達できない創造脳のようなものがあるのかもしれませんね。

釈　たぶん、日本は自己評価を下げた方が生きやすい社会になっているんです。

ヤマザキ　確かに、日本では目立ったり際立ったりする人は、潰されてしまうという傾向がありますよね。特別であるよりは、中庸であることの方がうまく生きていける社会というのか。

私が怖いなと思うのは、今の日本では失敗しないように子どもを育てようとするじゃないですか。とにかく、あぶれない、はみ出させないように必死になって、そうすると、その子どもは人間として結局備えもっている機能を生かしきれない、欠陥品になってしまうのではないかと。

釈　それは同調圧力の強さも関係しているでしょうね。

ヤマザキ　日本で言われる「空気を読めない」という言葉は、海外ではなかなか説明できないんです。相当する言葉もないし、「それはどういうことか」と聞かれて、「周りの空気を察して、その雰囲気からはみ出さないことを言うんだ」と説明しても、まったくわかってもらえない。「日本では、言論の自由が許されていないってこと？」と問いただされました。そもそも、海外は宗教観も人種も生き方も本当に多種多様なので、まず〝普通〟という価値観が生まれない。「空気」なんて読んでいたら社会が成立しなくなってしまいます。

釈　今、ちょっと思い出したのですが、報道番組でも同調圧力ってあるんですよ。私、以前、ニュース番組のコメンテーターをしていたとき、何かですごくバッシングを受けている人についてコメントを求められて、「土下座するところまで追い詰められているんですから、もう許してあげたらいいんじゃないんですか」と話したら、番組が終わった後、プロデューサーに「あんなコメント出したの、うちだけだよ」って聞こえよがしに言われました。一斉に皆でスクラムを組んで叩こうというときに、違う意見を出してしまったからでしょうね。

ヤマザキ　日本の報道番組を見ていて不思議なのは、様々な職種のコメンテーターを呼んでいても、まともな論議にならないところですね。バラバラな思想を持っていそうなのに、皆空気を読んでいる。「許してあげたらいいのではないか」という言葉は釈さんが言うから説得力があるというのに。ちょっとそのプロデューサーの反応が腑に落ちないですね、私的には。

釈　視聴者側も、そういうのを求めていないのかもしれませんね。

ところで、生きづらい世の中を生きるための仏陀の教えで、「第一の矢、第二の矢」というものがあるんです。人間、嫌なことを言われたら気分は悪くなりますし、怒りの感情も出てくる。これは第一の矢です。美しいものを見たときに「きれいだな」と思うのも第一の矢。仏教を学んだ人も学んでない人もこの矢は同じように受けるんですね。

しかし、「やられたら同じくらいやり返したい」とか「美しいものを手に入れるまで収まらない」というのが第二の矢です。仏陀は、この第二の矢を避ける技法を様々に説いていますよ。

ヤマザキ　この世の人々が、そういった仏教の言葉を普通に知っていて、必要に応じて思い出すことができたなら、どんなに素晴らしい社会になっていただろう、なんてことを思ってしまいました。でも、それができないからこそ、そういう言葉が生きてくるということもあるかもしれないという気もします。

この前、脳科学者の中野信子さんに聞いた話では、集団の秩序を乱す特殊な人間を排除しようとするのは本能的性質であり、特に日本人には遺伝的にその傾向が強いのだそうです。だけど、古代ローマ人は寛容という言葉をスローガンに、様々な民族や文化を受け入れ、あれだけの大国になりました。異文化を否定しなかったことが、古代ローマ拡張の要だったわけです。

釈　ローマは行く先々で自分たちの文化を移植していきましたけれども、同時に現地の文化を取り入れることにも長けていましたよね。

ヤマザキ　自分たちが知らない様々な文化が流入してきても拒まない、というのはけっして容易なことではないとは思います。でも、それぞれの土地にはそれぞれの考え方があり、自分たちと同様の価値観があるわけではない、としっかりわかっていれば、属州の人々からの反発も買いにくいですからね。

北はスコットランドから、南は北アフリカ、東はユーフラテス川まで全部領土にしていく中で、当然、ありとあらゆる文化や宗教、異なる生活があるわけですけど、それを全部認める。さらには、前線で戦った兵士たちが、影響されてローマに持ち帰ってきた現地のものがブームになるということもありました。たとえば、東方由来のミトラ教①は、キリスト教がなかったらローマ帝国の第一教になったんじゃないかというぐらい大人気だった時期がありました。このミトラという太陽神が東へ行くと、弥勒菩薩という姿に置き換えられています。地域に見合った形に象《かたど》られていく。

釈　そうですね。だから、異文化や異信仰と出会うということは、様々なものを創造するんです。仏教も、釈迦の時代はともかく、アレクサンドロス大王の

①古代インド・イラン宗教の神ミトラから影響を受けて成立した太陽神ミトラスを崇拝した宗教。ローマ帝国で紀元前1世紀から紀元後5世紀頃にかけて隆盛した。

東征以降はギリシャの思想が入っていますしね。

ヤマザキさんは、『ミリンダ王の問い』という仏典をご存じですか。

ヤマザキ　ミリンダ王というのは、メナンドロス一世②ですよね。紀元前2世紀にアフガニスタンから北インド中部一帯を治め、ギリシャ人なのに仏教徒に改宗したと言われる人ですね。

釈　そうです、そうです。この『ミリンダ王の問い』というお経は全然仏典らしくなくて、メナンドロスがナーガセーナという仏教の僧侶と議論をしているやりとりを延々と記録したものなんですが、まさにギリシャ哲学とインド哲学が激突していて、すごくおもしろいんです。

『ミリンダ王の問い』を読むと、ギリシャ文化がインドの仏教に影響を与えたように、仏教もギリシャに影響を与え、それが西洋の思想につながっていったということもあるんじゃないかと思ったりします。インドで生まれた仏教が「西方はどこまで行ったか」については、学術的にはイランあたりまで確定できます。でも東欧まで行っていてもおかしくないです。

ヤマザキ　古代ローマ文化発展の基軸はギリシャ文明にありますから、そう考えたら、仏教の思想がローマに入ってきていたとしてもおかしくはありません。

②紀元前155年頃から130年頃にかけてアフガニスタンから北インド中部にいたる領土を支配したインド・グリーク朝の王。

「善《よ》く生きる」ために運動がある

ヤマザキ　寛容の重要性もさることながら、古代ローマでは人間は肉体と精神のバランスの良さも大事だとされていて、身分が高くなるほど、学問、社交、食べ物など、偏りのない生き方をしている人が高く評価されていました。『テルマエ・ロマエ』の中に出てくるハドリアヌス帝はギリシャ文化に傾倒しすぎていて、それを欠点だと見做されていました。巨大な帝国を統治する人間が、偏った思想や嗜好を持つべきではない、ということだったんでしょう。

釈　オタクはだめなんですね。

ヤマザキ　そうなんです。古代ローマでヘラクレスを除けば過多に筋骨隆々の彫像が存在しないのは、要するに、精神と肉体のバランスが整っていることが理想とされたので、意図して筋肉を鍛えまくるのはいけないと考えられていたんですね。

釈　仏教も、身心のバランスを大事にします。釈迦は出家前、非常に快楽的な暮らしをしていて、出家後は逆にとても厳しい苦行をするわけですけれど、悟りを開いたときに、どっちも極端ということでは間違っている、との結論に達するんです。どんなに立派な行いも、どんなに素晴らしい思想も、偏ったら具合が悪いということですね。

仏教の考え方では、人間は放っておいたら必ず偏るので意識的に逆方向に引っ張らないといけない。今のように、ネットで大量の情報が短時間で行き渡るような社会では、ちょっとのことで針が大きく振れる事態になりやすいですから、このバランスのとり方というのは、現代人がすごく考えるべきところなんじゃないかなと思っています。

ヤマザキ　偏りはすごく人間らしい特徴だとは思うのですが、せめて偏っている自分を俯瞰で知ることは必要ですね。あと、日本では何かひとつのことに打ち込むのが美徳とされますよね。そういうシングルタスクも、古代ローマではバランスが悪いとされてしまいます。うちの母は自分も音楽家なのに、「絶対に音楽家とは結婚するな」と言っていました。なぜかというと、確かに素晴らしい演奏をするけれども、ずっと楽器しかやってないみたいな人が多すぎて、他のことは何も知らないし知ろうともしない人が多いから、あれはあれで問題だと。

釈　そういえば、日本の学校の部活でも、同じスポーツだけをひたすらやりますね。僕も中学は野球、高校はバレーボールばっかりやっていましたけど、他の国の高校生は夏は夏のスポーツ、冬は冬のスポーツをするそうです。日本みたいに一年中ひとつのスポーツをするのは少し偏向していますね。

ヤマザキ アスリートでも、運動のみを一途にやっている人の割合は日本より低いと思います。空手の金メダリストの本職が弁護士だったりとか、スキーの金メダリストが医学生だったりとか、世界にはそういうアスリートがたくさんいます。でも、日本だと、運動一途になれない人はどこか邪道だと捉えられる傾向があるような気がします。とにかく良い結果を出す!というところにしか視線の先が向いていないというか。

釈 ある種の努力主義というか、全精力をひとつに注いでこそ値打ちがある、みたいな図式が根強いのかもしれないですね。

でも、他のことに目を向けないで勝つことだけにとらわれてしまうというのは、ちょっと違うと思うんです。たとえば、今年(2019年)夏の甲子園予選のとき、岩手の大船渡高校に160キロ以上の球を投げる佐々木朗希くんというすごい投手がいて、野球部の監督はこれに勝てば甲子園に行けるという試合に彼を出さなかったんですね。本人は出たいと言ったけれども、ずっと連投していたので、ここで出場させたら故障するリスクがある、せっかくの逸材をだめにしたくないということだったそうです。そのとき、チームメートが

「佐々木を壊してまで甲子園に行きたくない」と言ったと聞いて、立派な教育をされているんだなと思いました。考えてみたら、野球部は高校の教育活動ですから、選手の将来を犠牲にしてまで甲子園に行くというのは、おかしいですよね。

ヤマザキ　それは素晴らしいですね。短絡的に勝つか負けるかということじゃない、意義は他のところにあるということを監督もチームメートもわかっていたんですね。

　その逆のパターンで思い出したんですけど、以前万引で捕まってしまったマラソンの選手がいましたよね。厳しすぎるトレーニングや減量のストレスを解消するために万引を繰り返していたそうですが、精神を壊してまで結果を出すために運動をするって、人間の頑なさって怖いなあと思いました。

釈　ヤマザキさんの『オリンピア・キュクロス』でもソクラテスの「善《よ》く生きる」という言葉が使われていましたけれど、善く生きるために運動があるわけで、運動のために生きているのではないですからね。

ヤマザキ　まったくですよ。ひとつのことばかり偏執的にこだわっていては、善く生きているとは言えませんから。

「フロー状態」になっても生きる苦しみは救えない

ヤマザキ ちなみに、仏教は運動ということをどう捉えているんでしょうか。

釈 根本的なところで言うと、仏教では、身体と心は一枚の紙の表裏のようなものだと考えていて、キリスト教のように霊と肉というふうに分けることをしないんですね。身体も心も同じようにずっと変化し続けている、それが、身体の使い方を覚えることによって内面を変えられるということにつながって、修行という概念が発達していったんです。

仏教の修行体系は、すごくよくできています。人間の身体と心のメカニズムに基づき、多くの臨床事例で構築されていますから。いろいろなやり方がありますけれども、たとえば禅定の実践でも座禅以外に「四威儀禅」といって、行、住、坐、臥の4つの威儀③それぞれの禅があるんです。行禅・住禅・座禅・臥禅です。行が歩く、住がじっとしている、坐が座る、臥が横になるということなんですが、行禅とかおもしろいですよ。

ヤマザキ どうやってやるんですか。

釈 私が指導してもらったのをご紹介しますと、まず息を吐いて、一歩目の足

③立ち居振る舞いの姿のこと。

を出します。吸って、足を地につけて体重を乗せる。一息ごとにゆっくり足を運びながら吸って、吐くというのをただやるだけなんです。でもイメージとしては、頭の先からずっと宇宙までつながっているとか、踏んだ足の下が地球の中心までつながっているという感じでいるんですね。

ヤマザキ　単にひたすら歩けばいいということではないんですね。

釈　あと、よく知られた呼吸法に、数息《すそく》というのがあります。出息長《しゅっそくちょう》・入息短《にゅうそくたん》と言いまして、い――ち・に――・さ――んと数えながら、ゆっくり息を吐いた後に短く吸う。それを10までやって、また1に戻るんです。この呼吸法は、「数息、相随、止、観、環、浄」の6段階がありまして、段階を上がっていくうちに心と身体のバランスをとることができるというものですね。

朝起きて身体や頭が重いというときにも、座ってちょっと数息をやると、なかなかいいですよ。

ヤマザキ　お風呂がないときは、それやります。いいことを学びました。

釈　ある有名な禅の和尚さんに教えてもらったんですけれども、呼吸をするときに身体の使い方を逆にするという方法もあります。普通、吐くとおなかがへこんで、吸うとふくらむじゃないですか。それを、吐くときにおなかがふくらんで、吸うとへこむというようにするんです。最初はなかなかうまくいかないんですけど、確かにやってみると、おなかに意識がいくので、雑念を除きやすくなるなと思います。

ヤマザキ　仏教の修行には山岳修行というものがありますよね。あれも、運動ではないですけれど、肉体的なスキルをものすごく上げていかないとできないことだと思いますが。

釈　日本特有の宗教である修験道などに顕著ですね。天台宗の千日回峰行など山中での厳しい修行は、山岳信仰と結びついています。日本において山は異界なんですね。山岳修行では、その異界である山に身を投じて、自分の身体が山全体の動きに溶け込み、連動していきます。これも一種の身体の技術なんですが、その結果として、仏教が説くような無我、無常の問題に進んでいけるということなんですね。

ヤマザキ　山と自分がシンクロするようなイメージでしょうか。なんだか、スポーツ選手がフロー状態になっている感じと似ていますね。

釈　ええ、同じような体験だと思います。フロー状態とか、「ゾーンに入った」とか言いますね。

聞いた話では、あのフロー状態は第3の幸福ということになるんだそうです。第1の幸福は、空腹を満たすとか、好きな人と一緒になるとか、欲望が満たされたときの幸福です。第2の幸福は、自分のやってきたことの意味とか人生の意味に出会うという幸せなんです。フロー状態というのは、忘我の状態というか、自分というものが溶けたような感覚になっている。これは、なろうと思ってもなかなかなれないでしょうが、すごく幸福感があるといいますね。

以前、陸上ハードルのオリンピック代表だった為末大さんとお話ししたとき、為末さんは「人生で3回だけゾーン状態を経験したことがある」とおっしゃっていました。そのうちの1回は世界陸上で銅メダルを獲った試合で、ハードルを跳んでいるという意識すらなく、次から次へとハードルが前からやってきて後ろへ下がっていくみたいに感じたそうです。

ヤマザキ　そういう状態で漫画を描きたいですね。

釈　なるほど、漫画ならうまく表現できそうです。ぜひお願いします。

ただ、仏教の修行が目指しているのは、忘我の状態ではないんです。なぜなら、仏教のテーマは老いることや病気や死ぬことの苦しみをどう引き受けて生き抜くかというところにあるので、ただ単に「忘我の状態になれば苦しみは一時的に解消しますよ」ということではないんですね。むしろ自分自身と徹底的に向き合い、身体の隅々まで意識を行きわたらせて身体を調える、そうすることで心の苦しみも調い出すというのが、仏教の考え方です。

ヤマザキ 確かに、フロー状態では苦しみは引き受けられないですからね。

お釈迦様が今のオリンピックを見たら

釈 僕がスポーツ選手を見ていて思うのは、彼らは別に仏道を歩んでいるわけではないですけれども、なんというか、ある種の聖性がありますよね。彼らが戦っている姿からは、何か人間の思惑を超えた尊さのようなものを感じます。たぶん、一種のトランス状態のようになっていて、だからこそ人間の身体能力を超えたような力を発揮できるということなんでしょう。どこか宗教の熱狂とも近いようなところがありますね。

ヤマザキ 興味深いです。古代ギリシャ時代の元祖オリンピックは運動を神に捧げる神事だったんですが、今ではまったく違うイベントになってしまいました。この先また変わっていくとは思うのですが、たとえば、仏教が今のオリンピックのあり方に貢献できることがあるかということでは、どう思われますか?

釈 そうですね。まず、スポーツには勝ち負けやゴールがありますけれども、修行というのは修行すること自体が目的なんです。仏教的な考え方をすれば、走るとしても、それは勝つため、何かを達成するためではなく、ただただ走っている、それが修行ということになります。

ヤマザキ　まず運動することにどれだけ力を発揮するかということであって、勝った負けたというのはまあ、付随してくる結果でしかないと常々思っています。

釈　勝ち負けを目指さないという仏教の考え方は、競技としてのスポーツというよりも武道に親和性が高いんです。僕は小学校に上がる前から日本拳法をやっていて、少年部の公式審判員資格も持っているんですけれど、武道の究極は戦わなくても済むということなんですね。だから、武道の達人になればなるほど、ここは危ないという勘が働いて、危険を無意識に避けられるようになるんです。

ヤマザキ　それはもう、勝ち負け以前の話になってきますね。

釈　あとは、仏教に限らずどの宗教でも言っていることだと思いますけれど、フェアでなければいけないということは、スポーツとつながるところでしょうね。今回のオリンピックに関して言えば、東京に決まるまでの不透明なプロセスや、選手や観客を危険にさらすような猛暑の時期に開催するということ、さらにはボランティアという名の搾取など、フェアプレーというよりむしろ恥を振りまいているようなところがあって、非常に残念です。

ヤマザキ　今度の東京オリンピック④も最初は省エネで少ない予算でできるオリンピックをやるというようなことを言っていたはずなのに、いつのまにか全然違う話になって、最終的に国威を象徴しようとしているような様々な建造物が作られました。

でも、日本固有の文化で海外の人が感動するものに「わびさび」というのがあるわけですよ。たとえば国立競技場も、昔のやつをきれいにリフォームするとかして再利用したり、既存の施設を使えば、大きな花火ではなく、質素だけど良い職人さんの作った線香花火の美しさを大々的に知ってもらえる機会になったかもしれない。それから、禅という仏教思想が日本にも根付いているわけで、これも海外の人たちが日本の魅力として捉えている要素になっています。そう考えると、なんかこう、もっと日本らしいシンプルかつ大人な演出の仕方が他にもあったのではないかと思わせられてしまいます。

釈　そういえば、2012年のロンドン・オリンピックは厳しい経費削減の中で行ったけれども、競技会場の周辺で数多くのイギリス文化を提示する取り組みが高く評価されたと聞きました。日本もこのスタイルでいくべきだと思います。

④2021年に開催が延期された東京2020オリンピックは、簡素化によって約300億円の経費削減が組織委員会より発表されたものの、コロナ対策のために約3000億円の追加支出が必要とも報じられている。

近年のオリンピックは経済と密接に結びついてしまっているわけですけれども、その結びつきの方向性に、仏教の思想が寄与できるところがあるかもしれません。日本では軽自動車のコマーシャルに使われていましたが、1970年代にシューマッハー⑤というドイツの経済学者が唱えた「スモール・イズ・ビューティフル」という言葉がありましたよね。あれは仏教の少欲知足から学んだと聞いています。過剰な欲望が生み出す苦しみは人類のテーマであり続けてきましたし、国連が提唱しているSDGs⑥（持続可能な開発目標）が出てきたのも、もうこれ以上人間の欲望を振り回し続けたら地球が持たない、という話なんです。

日本は、高齢化をはじめとする、世界が直面する様々な問題のフロントランナーなのですから、今度のオリンピックでも成長期の価値観を前面に出すのではなく、「成熟期はこういう方向にいきますよ」という次世代へのメッセージを発信したいですね。そうすれば、日本の特性を生かした魅力的なオリンピックがあり得ると思います。

ヤマザキ　経済力があることを振りかざすのではなくて、もっと他の形で成熟を表すということですよね。

釈　といっても、過剰な欲望は実は人間の喜びの源泉でもあるので、そことど

⑤エルンスト・フリードリッヒ・シューマッハー。主著『スモール・イズ・ビューティフル』（1973年）で経済拡大主義からエネルギー低消費型の経済への移行を説いた。

⑥Sustainable Development Goals。国連加盟国が2030年までの15年間で達成するべく掲げた国際目標。17の目標と169のターゲットからなる。

う付き合うかということもあるわけです。

ヤマザキ メダルを何個目指します、というあの理想と欲求は、結果がその通りにならなければ激しく落胆するし、自信のなさを増長させる恐れがある。思い通りにならないのが人間の社会なわけですから、どんな結果だろうと一生懸命やったのならそれでいいよね、と満足できる平和な能力が、もっと国の中で広がればいいんですけど。

釈 仏教はそこのところをずっとやってきたようなものですからね。たぶん、勘のいい人は仏教に大事なヒントがあるんじゃないかと気づき始めていると思います。

ヤマザキ やっぱり、運動ということでも生きるということでも、仏教を学ぶことで楽になる部分はすごくあるように思います。

そもそもギリシャ哲学の教えには、仏教的なものが多い。とすると、彼らが「善く生きる」ために推奨していた運動にも、何か仏教の理念と相通ずるものがあるのかと、勝手に感じております。今連載中のギリシャ漫画に、日本のお坊さんを登場させてみようかしら、タイムスリップで。

釈 そうやって仏教がヤマザキさんの作品につながっていくのはおもしろいですね。楽しみにしています。

「善く生きる」ためにプロレスを観よう

ヤマザキマリ対談集

第5回

ヤマザキマリ×棚橋弘至

棚橋弘至（たなはし　ひろし）

プロレスラー。新日本プロレス所属。1976年岐阜県生まれ。立命館大学在学中からレスリングを始め、1998年新日本プロレスの入門テストに合格。翌年大学を卒業しデビューを果たす。以後IWGPヘビー級王座を8度獲得し最多記録を打ち立てたほか、IWGPインターコンチネンタル王座、IWGPヘビー級タッグ王座、NEVER無差別級6人タッグ王座等、タイトル、優勝多数。プロレス大賞MVPを4度獲得。身長181㎝、体重101kg。得意技はハイフライフロー。ニックネームは「100年に一人の逸材」「エース」。特技はエアギター。

対談日：2019年11月7日

プロレスと古代ローマがシンクロした

ヤマザキ　この前、初めてプロレスを生で観たんですけど、もうめちゃくちゃ感激しました。試合の後は、なんだか憑き物が落ちたような気持ちになってしまって。

棚橋　ありがとうございます。『オリンピア・キュクロス』でプロレスのことを描いてらっしゃるので、てっきりプロレスにも造詣《ぞうけい》が深い方なんだと思ってました。

ヤマザキ　いえいえ、完全に、にわかなんです。実は子どもの頃からプロレスに対して「怖い・男の子たちが観るもの・乱暴」という3点セットの先入観があって、理解への一歩を踏み出せなかったんですよ。

でも、以前、『タモリ倶楽部』に棚橋さんが出てらしたのを観て、これまでプロレスラーに抱いてきたイメージがガラガラガッシャンと崩れました。タモリさんが棚橋さんたちをすごくリスペクトしているということも伝わってきたし、棚橋さんのイメージも私が思っていたプロレスラーの威圧的な感じと全然違って紳士で素敵で、まんまと網にかかってしまった。

棚橋　それじゃまるで僕が罠を仕掛けたみたいじゃないですか（笑）。

ヤマザキ　とにかく、ちょっとびっくりしたんですよ。急に「プロレスの偏見を捨てよう、プロレスをもっとよく知ろう」という気持ちが沸き起こり、プロレスの本を読んだり映像を観たりするようになって、連載中の漫画でも担当者に「プロレスで展開したいんですけど」って提案したんです。

棚橋　僕も読んでいて、「うわっ、プロレス出てきた！」と思いました。あの中にはさりげなく僕みたいなプロレスラーも描かれてますよね。

ヤマザキ　ごめんなさい。事後承認で申し訳ないんですけど、やっぱり私の中ではプロレスラーと言えば棚橋さんだったので。

棚橋　すごく嬉しかったですよ。

ヤマザキさんのようなインフルエンサーの方がプロレスを描いてくだされば、これまでプロレスを知らなかった人も興味を持つきっかけができるじゃないですか。さっきおっしゃったみたいに、プロレスに対して怖いとか痛そうという先入観で止まってしまっている方たちが本当に多いので。

ヤマザキ　私にしても、タモリさんを機に一気にプロレスへの入り口が開かれたわけですからね。彼のような多元的なエンターテイナーって大事ですよね、視聴者の凝り固まった見解を一気に変えてくれることもあるから。

私の漫画を読むような人たちもたぶん、ヤマザキがプロレスを描くなんて考えもしなかったと思います。でも、まったく接点がないわけでもないんですよ。たとえば、私はずっと古代ローマの漫画を描いてきましたけど、あの時代はグラディエーター[1]の試合がすごく大事なエンターテイメントで、高貴な女性たちもみんなでコロシアムに行って「あの選手が素敵」とか言いながら盛り上がっていたんです。プロレスが好きになる前は、自分が女だということもあるし、何か戦ったりすることに対しての怖さもあって、そこに今ひとつ感情移入できないところがありました。でも、この間、後楽園ホールに行ったとき、レスラーが現れてからリングに上がるまでを観ていて「グラディエーターって、こんな感じだったんだろうな」という閃《ひらめ》きがあったんですよ。格闘って余計なこと考えずに観られるし、夢中になれるものなんですね。

棚橋　じゃあ、その古代ローマの戦いとプロレスがシンクロしたんですね。

ヤマザキ　ものすごくシンクロしてます。同じですよ。

プロレスって、こちらの想像をはるかに超えてくるじゃないですか。もう立ち上がれないくらい痛めつけられているのに「え、まだ行くの？　どこまで行っちゃうの?!」みたいな感じで、思ってもみないようなことが起こっていく。グラディエーターの試合でもそういう演出があって、勝負の付け方としては相

①古代ローマ時代の剣闘士、剣奴。市民の娯楽のため、闘技場で剣士同士または猛獣を相手に戦った。

手を殺すところまで行きますけど、必ずしもガチンコ勝負ということではなかったんですね。すごく人気があって客を呼べるからという理由で、死にそうになっても最後のところで死なない選手がけっこういたんですよ。

棚橋　あいつは残せ、と。

ヤマザキ　そう、あいつは皇帝のお気に入りだから絶対に殺さないようにしようとかいう感じですね。それに近いことが2000年経った今、しかも古代ローマとはまったく関係ないような東の国で受け継がれているなんて、すごいことだと思います。

実際に生で観戦して驚いたんですけど、すごくかわいらしい女子たちがずらっと並んで、カメラを構えていたりしますよね。私、プロレス好きな女子ってギャングの情婦みたいな人たちだと思い込んでたところがあって（笑）、でも全然そういう感じじゃなかった。

棚橋　カメラで撮る女子は多いですね。以前は、プロレスというジャンル自体が大人の男性が楽しむものというイメージがあって、親子連れにしても男の子がお父さんに連れられて来るという組み合わせだったんですけど、今はご家族みんなで観に来るという感じに変わってきました。最近は、男女も年齢も関係なく楽しめるエンターテイメントが少なくなってきていますよね。そんな中で、プロレスは時代にマッチしているんじゃないかなと思うんです。

ヤマザキ　本当にそうですよね。老若男女みんな、たがを外してプロレスに対する価値観を変えてくれたらいいのにって、すごく思います。

棚橋　メキシコではルチャリブレというプロレスが国技になっていて、以前、メキシコに遠征に行ったときに、お客さんを見回したら、小さいお子さんからブーイング飛ばすおばあちゃんまで、本当にありとあらゆる世代がみんなで盛り上がっていたんです。「日本もこうしたいな」と思って、そのために何をすればいいかということを、いろいろ考えてやってきました。

ヤマザキ　クイズ番組に出たり映画で主演したり、本当にいろいろなことをされてますけど、プロレス全体のことを考えて、マーケティング的なアプローチをしていらっしゃるということですよね。

棚橋　やっぱり、いろいろな切り口でプロレスを観てほしいんです。他のスポーツと違ってプロレスには少年プロレスというものがないので、いかにプロレスラーを目指すお子さんを増やしていくかというのが、プロレスというジャンルにとって唯一最後の希望なんですよ。だから、「プロレスラーになりました、チャンピオンになりました、終わり」ではなくて、「プロレスラーになりました、チャンピオンになってテレビも出ます、クイズ番組にも呼ばれます、映画も主演します」と、プロレスラーになった先を見せていくのが僕の役割だと思っています。

ヤマザキ　私が子どもの頃は地上波のゴールデンタイムでプロレスをやっていて、放送があった次の日は男の子たちがプロレスごっこに興じてましたけど、今の時代にはプロレスごっこをする子どももっているんでしょうか。かつては男の子の乱暴は度を越えなければ許されていたわけですが。

棚橋　ネットをはじめ娯楽の選択肢がたくさんありますし、そもそもプロレスに触れる機会が少ない時代なんです。その中でプロレスを好きになってもらうにはどうすればいいかということでアプローチしていくんですけど、僕自身も別に小さい頃からプロレスファンだったわけではなくて、高校時代に初めて「こんなおもしろいジャンルがあるんだ」と目覚めたので、とにかく一回観てもらえば絶対プロレスを好きになってもらえるという信念があるんですね。

たとえば、プロモーションで日本全国を回っていると、ラジオのMCの女性がプロレスラーの体を見て「すごい筋肉ですね」って興味を示してくれるんです。「プロレス観たことありますか」と聞くと、「ないです」と言うので、「あ、これは絶対、食わず嫌いしているだけだ。だったら、ひとりでも多くの方としゃべってファンを増やそう」と考えて、試合で行く先々で食事会を開催したり、人と触れ合う機会をつくったりしていきました。そうすると、「棚橋が出ているなら、プロレス観に行ってみようかな」と来てくださる方も増えていくんです。一度会ったことのある人がリング上で戦っていると、めちゃくちゃ応援しやすいんですよ。

ヤマザキ　今度試合に行ったら、私、泣き出すかもしれない。応援の気持ちがあふれて（笑）。

棚橋　先生に、「たなー！」って言ってもらわないと。

ヤマザキ　叫んでも、私のこの低い声だと届かないかもしれない。

棚橋　ぜひ黄色い声援でお願いします（笑）。

戦いの余白が感動を生む

ヤマザキ　古代ギリシャのオリンピック競技の中でレスリングとパンクラチオン②は欠かせない二大競技で、すごく人気があったんです。現代のオリンピックでもレスリングという競技があるわけですが、私から見ると、プロレスの方が当時のオリンピックに近いんじゃないかと思うんですよ。

なぜかというと、古代ギリシャ人がオリンピックで楽しみにしていたのは、

②古代ギリシャのオリンピックで行われた格闘技。眼球への攻撃、噛みつき、睾丸（こうがん）を蹴ること、平手以外で殴ることが禁止されたが、それ以外ほぼすべての攻撃が認められていたという。

選手たちがどういうものを見せてくれるかということで、選手を輩出したうちの村が勝ったとか、うちの国が強かったという次元で競ってたわけではなかったんです。

棚橋　スポーツと政治は関係なかったんですね。

ヤマザキ　そうなんです。選手たちも国や村を代表して来るんじゃなくて、どこからともなく集まってきていました。ヒーローになるのはあくまで強い選手であって、彼らがどこの出身かということは、実質的にはあまり関係なかったんです。だから、レスリングでもドラマチックな試合を見せてくれる選手が人気者になるわけで、その人の出身地がすごいね、という解釈にはなりません。

棚橋　観客を動員して楽しませるという感じだったんですね。

ヤマザキ　観客を楽しませる、というエンタメ要素優先のコンセプトは、現代のオリンピックのレスリングでは受け継がれていないですよね。技が美しかったとか、感動的だったということよりも結果が大事、みたいな。

棚橋　そういえば、『オリンピア・キュクロス』の中で、アマチュアレスリングをやっているけどプロレス好きな男の子が出てきますよね。本当はプロレスをやりたいんだけど、レスリングのコーチでもあるお父さんが絶対に認めない。まさに現実でもあの通りなんです。

ヤマザキ　あの場面は想像だけで描いたんですが、やっぱりレスリングの競技をやっている人にとっては、プロレスは邪道みたいな扱いなんですか。

棚橋　僕も大学でアマチュアレスリングをやっていたんですけど、アマチュアレスリングでは、レスリングにしか興味がない選手と、プロレスも好きという選手の真っ二つに分かれます。

ヤマザキ　アマチュアレスリングにプロがついてプロレスリングではない、ということですか。

棚橋　プロフェッショナルレスリング、略してプロレスになっているんですが、これは、アマチュアの野球やサッカー選手がプロになるというのとはちょっとニュアンスが変わってきて、プロレスはプロレスだとしか言いようがないんです。グラウンドのテクニックや体の強靱さなど、アマチュアレスリングで身につくものもあるんですけど、似て非なるものですね。

たとえばプロの技術として、相手に怪我をさせずに勝つというのがあるんですよ。思いっ切り殴るけれども、グーで顔面はだめとか、エルボーはOKでナックルは禁止とか、そこは互いに暗黙の了解でやっているんです。要するに、それは観てくださる方のためなんですね。

僕たちは日本全国をぐるぐる回りながら年間150試合やるんですけれども、

中には1年に1回しか行けない会場もあります。もしそこで目当ての選手が怪我で出られないとなったら、せっかく来てくださったファンの方をがっかりさせてしまいますよね。だから、僕らは150試合のどの試合もレベルを落とさずに同じパフォーマンスをするということを目指して戦いますし、そのために相手に致命傷を負わせずいかにして勝つかというところが、この競技の一番特殊なところです。やっぱり、プロレスは観客がいないと成立しない競技なので。

ヤマザキ　パンクラチオンでも、あれだけ乱暴なのに目潰しはいけないとか、結構いろいろな縛りがあるんですけど、それは試合を長続きさせて観客を楽しませるためには選手が大きなダメージをこうむってはいけない、という考え方によるものだそうです。そんなところも似ていますね。でも、プロレスには反則もあるじゃないですか。

棚橋　そこがまたプロレスのおもしろいところで、反則は5秒以内だったらいいよということになっているんです。だから、反則をしたら、レフェリーがワン、ツー、スリー、フォーとカウントしたところでパッと離す。そうしたら反則はとられないという、ものすごくファジーな世界なんですよ。しかも、レフェリーが見ていなければ反則ではないので、パートナーにレフェリーが見えないようにさせておいて、こっちで殴ったり、目潰ししたり、首絞めたり……。

ヤマザキ それをファンが観て、「おい、あれ反則じゃねえか」「負けるな〜」ってものすごくエキサイトする。あの一体感は、すごく楽しいですよね。反則しちゃったのに、観ている私たちはすごい鳥肌が立つんですよ。

棚橋 プロレス会場って、ファンとレスラーのエネルギー交換がものすごいレベルで行われているところなんです。もうあの場所自体がパワースポットですね。

ヤマザキ 本当にそう思いますね。もしプロレスがオリンピックの競技になったら、単純な勝ち負けというより採点競技になるんじゃないですか。すばらしい技で観ている人をどれだけ感動させることができたかで、アーティスティック点がつく。あと、観客へのアピール度が高いとか。

棚橋 採点ポイントにビジュアル点があったら、僕はもう十点満点ですね(笑)。でも、反則が5秒以内で認められている時点で、プロレスはオリンピック競技にはなり得ないと思っています。逆に、きちっとしたルールができてしまうと、プロレスとしての魅力がなくなってしまう気がしますね。プロレスは、戦いの余白がむちゃくちゃ多いので。

ヤマザキ ルールで縛ったら違うものになってしまいますよね。すべての運動にはルールがありますが、私たちはそういうものからはみ出した部分を求めているし、そこを楽しんでいるわけですから。

棚橋　僕の分析では、プロレスは、みんなの抑圧されているものを代弁しているんですね。人間って、成長するにつれて、どんどん抑圧されていくじゃないですか。物投げちゃだめ、人たたいちゃだめ、蹴っちゃだめ、悪い言葉を使っちゃだめって言われて大人になっていくんですけど、これをプロレスは全部やるんですよ。

ヤマザキ　確かに（笑）。ため込んだ我慢の爆発を表している。

棚橋　ガチガチのがんじがらめの中で、プロレスラーだけが自由に生きているんです。

ヤマザキ　みんな、失敗しないで生きなきゃとか、受験受かんなきゃとか、就職絶対あそこに入らなきゃとか、目標や理想通りになることを目指し、脇道に逸れないよう、ものすごく狭められた中で生きています。『オリンピア・キュクロス』の中でプロレスを描きながら、なぜプロレスのような格闘のエンターテイメントが何千年も昔から途絶えないで続いてきているのかということを考えているんですけど、きっと格闘には人間のそういった規制から解放されたい思いや怒りが、実直にわかりやすく表れるからなんでしょうね。

負けることが終わりではない

ヤマザキ　戦っている人のメンタルということではどうですか？　たとえばオリンピックを目指しているレスリングの選手たちは、勝たなきゃいけない、結果を出さなきゃいけない、メダル獲らなきゃいけない、あと日本のためにがんばらないといけないとか、すごい縛りがあるじゃないですか。でも、プロレスラーのメンタルは、そういうこととは明らかに違いますよね。

棚橋　そうですね。確かにプロレスも勝つことを第一目的としていますけれども、勝つことがゴールでもないという、すごく特殊なジャンルなんです。ベルトを中心にチャンピオンを目指してみんながんばっているとはいえ、ベルトを獲ったことが終わりにはならないし、たとえ負けても応援は続いていく。選手はデビューから引退までの現役生活を通して人間を見せていく、という感じなんです。

ヤマザキ　そこが、勝てばいいと思ってやっている運動と、エンタメ化していくスポーツとの違いじゃないかなと思うんですよね。

やっぱり私たちは日々、いろいろ辛いことがあるじゃないですか。実際に肉体を使って戦っているわけではないけれども、人生の格闘をしているみたいな感覚はある。プロレスにあんなに熱くなれるのは、一生懸命戦っているプロレスラーの姿に、辛さを乗り越えて生きていきたい自らの願望を重ねる、という心理も関係しているのでしょうね。

棚橋　プロレスファンの方はみんなリング上に自己投影しているんじゃないですか。

だから、僕は自分の生の感情を全部見せます。もちろん負けて悔しくて泣くこともあるし、勝って嬉しくて泣くこともあるし、全然盛り上がらない試合をして落ち込むこともありますけど、もうすべて見せますね。そんな僕を観て「棚橋ががんばっていたから俺もがんばろう」と思ってもらえたら、プロレスラー冥利に尽きると思っています。

ヤマザキ　先日の観戦で私は劇場で格闘というドラマを観ているような感じでプロレスを楽しんだのですけど、それこそ古代ギリシャの人たちが運動観戦や演劇鑑賞に対して求めていたものなんだろうな、と感じました。やっぱり私たちは人間のわかりやすい喜怒哀楽が観たいんですよ。古代ギリシャで演劇が無料で市民に開放されていたのは、舞台の上で演じられる様々な喜怒哀楽を観ることで人間は豊かな精神性を養うことができるし、良識や道徳観を育み、それによって良い社会を作ろうということを意図していたからなんですね。レスリングもその一環としてあったわけで、だから、選手が戦う場に必ずプラトンやソクラテスのような哲学者がいて、運動を観ながら思考を深めていたんです。

そう考えていくと、プロレスってかなり奥が深い。私ったら、こんなにおもしろいエンタメがあったということに、今、この年にして気がついた。失われた時間が長すぎる（笑）。

棚橋　それは取り戻さないと（笑）。

ヤマザキ　ちょっとくらいは漫画で取り戻したかな。プロレスを描いているときって、半分自分もレスラーになった気持ちでやっていますからね。漫画を描くという行為自体がまさに格闘だし、漫画家はみんなプロレスを観に行った方がいいと心の底から思います。

だけど、プロレスのあのグルーブ感や会場の一心同体になる感じって、たとえばロックのライブにすごく近い気がするんです。急にアドリブが入ったときに、わっと予測がつかないようなことが起こるというところは、ジャズのセッションにも似てると思いました。

棚橋　即興芸術じゃないですけど、観客がどう選手に動いてほしいかというのを肌で感じて、観客が観たいように動くというところは、おっしゃるようにジャズのアドリブで欲しい音を出すのに近いのかなと思ったことがあります。昔、ジャイアント・バーナードという外国人レスラーに「Play-by-Ear（プロレスは耳でしろよ）」と言われましたけど、お客さんの反応を聞いて、今が反撃だとか、ここは耐えろとか、つまり瞬発力で試合しろってことです。

ヤマザキ　対戦相手が棚橋さんが思っているものを受け止めて、「おまえ、今こういう動きをしたいのか」って演出をしてくれたりとか、リング上での波長のやりとりのようなこともあるんでしょうね。

棚橋　アントニオ猪木さんが、相手の力を9引き出しつつ自分は10出して勝つという「風車の理論」ということをおっしゃっているんですが、試合って、たとえ相手との実力差がすごく大きかったとしても、1対10で勝ったらスイングしないんですよ。だから、そういうときでも相手のいいところを引き出しつつ、「こんなにすごい選手なんだけど俺の方が強いぜ」と見せていくことが必要なんです。

ヤマザキ　やっぱり、リングの上を舞台として捉えた演出が、プロレスラーには求められますよね。単なる勝ち負け、損得でやろうと思う人や、自分が自分がと思っている人には向かない。だって、負けや失敗を自分の恥だと思っていたらできないことじゃないですか。オリンピックの競技で、「試合を盛り上げるためには相手の持っているすごい技を見せた方がいいからここで俺は負けよう」なんて、絶対無理でしょう。許されないでしょう、そんなの。

棚橋　だけど、引き出した分に自分が追いつかないで、相手の力を9引き出して自分が8で負けるときもあるんです（笑）。

ヤマザキ　いや、そこも含めてかっこいいなと思いますよ。相手のために負けるヒーローなんて、めちゃくちゃ痺れますよ（笑）。

ヒーローには闇がある

棚橋　僕がプロレスをやっていく上で大きなヒントをもらったのは『仮面ライダー』なんです。子どものときから大好きで、ポーズやコスチュームにも『仮面ライダー』のイメージを取り入れてますけど、あのストーリー展開がプロレスにすごくはまるんですね。

『仮面ライダー』は一話完結で一回一回怪人を倒していくというところでまず楽しませてくれて、さらに年間通してのテーマというものもあって、最終回で答え合わせがあるじゃないですか。さっきも言いましたけど、プロレスも一試合一試合を盛り上げつつ、年間通して、どうやってベルトまでたどり着くかという過程を見せる競技なので、『仮面ライダー』と相通じるところがあるんです。

ヤマザキ　もうひとつ『仮面ライダー』で大事なのは、彼が完璧なヒーローじゃないというところですよ。石ノ森章太郎が描くヒーローの何がおもしろいって、たとえば怒りとか、人間の嫌な部分も出さないと戦えないというのが露骨に表れているところなんです。

棚橋　平成ライダー以降はそういう闇の部分が少し薄れてきてしまいましたけど、『仮面ライダー』には、戦いはきれいなものだけではないという、争いの根源的な部分が描かれている気がします。やっぱり人間というのは真っ白じゃないんですね。僕もそうですけど、後ろめたい過去があったりするし、真っ白のままで生きられる人は本当に稀有じゃないですか。

ヤマザキ　そんな人、この世にいないんじゃないですか。むしろ真っ白だと人という生き物として欠陥があることになっちゃう。

棚橋　でも、『仮面ライダー』の主人公たちは、黒が混じっていたとしても、白を重ねていって限りなく白に近づいて生きるというようなところを見せてくれるので、僕はそこに希望を感じるんです。

ヤマザキ　1968年に連載が開始された『タイガーマスク』[3]もそうですけれど、たとえば私たちは石ノ森章太郎が描くような陰があるヒーローが観たいん

③梶原一騎原作、辻なおき作画のプロレス漫画。1968年から1971年にかけて「ぼくら」ほかで連載。孤児院「ちびっこハウス」で育った伊達直人が、覆面レスラー「タイガーマスク」として悪役レスラー養成機関「虎の穴」が放つ刺客たちと戦う。1969年にアニメ化されたほか、「タイガーマスク」を名乗る実在のプロレスラーも活躍している。

ですよ。ヒーローものなのに観ていてとっても切なくて悲しい。あのなんとも言えない気持ちを主人公に求めてしまうのは、私たち自身にもいろいろなバックグラウンドがあるからですね。

棚橋　僕たち、闇を抱えて生きていますから。プロレスってずっと「悪いもの」という扱いで虐げられてきたので、プロレスラーはひねくれているんです。

ヤマザキ　それを言ったら、漫画も同じですよ。原作から脚本から構成から監督から撮影に至るまですべてひとりでやらなければならない総合芸術なのに、質感のあるカルチャーとして認められてこなかったわけですからね。日本でも海外でも、漫画家というだけで、蔑んで見られるように感じることはあります。慣れてしまいましたけれど、テレビの教養番組なんかに出ると、専門家でもないのに漫画家ふぜいが出しゃばるな、みたいなことを思う人もいるみたい。

そんな立場で、リングに登場するプロレスラーの方たちを観ていると、「この人たちをそれぞれ主人公にして漫画を描いてみたいな」と強く感じたりすることもあるわけですが、プロレスラーは漫画家と違って、あれだけ華やかな光に包まれていながら闇の部分も相当広くて大きいのが、観客席から観ていてもわかる。そういうところに奥行きの深さをすごく感じます。

棚橋　先生が感じるプロレスラーの闇の部分というのは、ひとつはジェラシーですね。「なんで俺らはいつまでもこのポジションなんだ」という鬱屈もありますし、さっき、僕は自分の感情を全部出すと言いましたけど、たとえ隠そうとしても、悔しさやジェラシー、怒りといった負の感情はリング上に透けて見えてしまうんです。

言ってみれば、レスラーはみんな自分を主役に漫画を描いていきたいんですね。でも、漫画で同じようなキャラクターが出てこないのと同じで、同じレスラーはふたりいらない。だから、どうやって自分の個性を出すかというのも勝負になってくるんですけど、全員が主役になりたいから、それぞれのストーリーが必ずどこかでぶつかって、それが全部物語になっていくんです。作り物ではない、一番になりたい人間の集まりのいろんな生の感情があるからこそ、プロレスはおもしろいんじゃないかなと思います。

ヤマザキ　棚橋さんも、リングの上でそういう負の感情を感じますか?

棚橋　僕は先輩を差し置いてチャンピオンになったので、やっぱり「なんでお前なんだよ」という目をすごく感じました。気づかないふりをしていましたけどね。

しかもファンからは「棚橋は見かけがチャラチャラしている」とか言われて、普通の人だったら廃人になるくらい叩かれたんです。ファンにしてみれば、新日本プロレスのレスラーは硬派というイメージがあって、僕はそこから外れていたので、生理的に無理ということだったんですけど、先輩たちはそうやってブーイングを食らっているチャンピオンをかつがないといけないわけですから、もう本当に針のむしろでした。

ヤマザキ　孤独のヒーローですね。今の時代のエンタメは漫画も含めて全員でがんばるのが流行りですけど、私はやっぱり『あしたのジョー』や、『仮面ライダー』や、『ブラック・ジャック』のようにひとりで悲しみを抱えながらがんばる人が好きなんです。

棚橋　先生が僕を好きになる理由がみつかりましたね（笑）。

僕がチャンピオン時代に離れていったプロレスファンもたくさんいたでしょうけど、「俺よりいいレスラーはいない」と思っていましたし、離れたファンがいるならそれ以上にもっと新規ファンを増やしてやるという野心に燃えて、辛い時期を乗り越えました。ブーイングを逆利用したというか、チャラさに磨きをかけて、よりナルシストなレスラー像を模索していった結果、今の棚橋ができたということですね。

ヤマザキ　大成功じゃないですか。

棚橋　さっきの光と闇じゃないですけど、ブーイングだけじゃなくて、ポジティブな感情もネガティブな感情も一回全部受け入れようということを僕はすごく意識しています。プロレスラーには受けの美学というものがあって、受けないと次が見えてこないんです。

ヤマザキ　負の感情を受け止めて、逃げずに向き合う。人生で起こり得ることを受け止めつつも、前に進む。それがソクラテスが言う「善《よ》く生きる」ということですよ。簡単に聞こえますが、心配も屈辱も含めたあらゆる感情に向き合って、いろいろな気持ちをちゃんとケアしていかないとできないことなんです。

棚橋　『オリンピア・キュクロス』の「ただ生きることではなく、善く生きる」というところは読んでいてすごく響いたところですね。僕は明日死んでも悔いがないように毎日全力で生きようと思っているんですけど、たとえば10の内9がんばっていたとしても1個手抜きしたら、その1個がすごく気になってしまうんです。「善く生きる」ってどういうことだろうって、ずっと考え続けてきたので、あの言葉が響いたんでしょうね。

ヤマザキ　ソクラテスもきっとあの世から喜んで応援してくれますよ。本当にプロレスラーの人たちは自分のすべてを発揮して、全身全霊でがんばっていますよね。まさにプロレスは生き方の手本ともなり、生き抜くための勇気ともなり得るわけだから、棚橋さんにその言葉が響いたというのは意味があると思います。

棚橋　僕、先生の漫画から気になったフレーズをたくさん写メして、メモを取っているんですよ。プロレスに興味がない人を惹きつけるにはどういう言葉やフレーズがいいのかということを常に考えているので、「善く生きる」も試合後のコメントでそのまま使います（笑）。

ヤマザキ　それは恐縮な！　でも、これもジャンルを超えた相乗効果ですね。私だって、棚橋さんのおかげでプロレスのことを漫画に描けたわけだから。

棚橋　もうひとつ、『オリンピア・キュクロス』には「漫画だけ読んでいてもいい漫画家になれない」みたいな言葉があったじゃないですか。プロレスでも、もちろんプロレスから学ぶべきことはたくさんあるんですが、いろいろなジャンルに触れることが大事だと思っているので、あれはいいフレーズだなと思いました。

ヤマザキ　それこそ、棚橋さんはプロレス以外にもいろいろな世界で活躍されてますけど、今度ぜひプロレス物語も書いてほしいですね。で、それを原作にして私が漫画を描くっていうのはどうでしょうか。

棚橋　じゃあ、先生とタッグを組ませていただくということで（笑）。

ヤマザキ　今までにないプロレス漫画を作りましょう、楽しみだ！

なぜ人間はハイになることが必要なのか

ヤマザキマリ対談集

第6回

ヤマザキマリ × パトリック・ハーラン

パトリック・ハーラン（パックン）

タレント。1970年アメリカ・コロラド州生まれ。1993年ハーバード大学比較宗教学部を卒業し、同年来日。1997年、吉田眞とお笑いコンビ「パックンマックン」を結成。「英語でしゃべらナイト」「爆笑オンエアバトル」などのテレビ番組で人気を博する一方、司会やコメンテーターとしても多くのメディアで活躍している。2012年東京工業大学リベラルアーツセンター非常勤講師。『ツカむ!話術』『大統領の演説』『世界と渡り合うためのひとり外交術』『「日本バイアス」を外せ! 世界一幸せな国になるための緊急提案15』など著書多数。

対談日：2019年11月21日

『テルマエ・ロマエ』に出そびれた

ヤマザキ パックンとは、はじめましてですね。

パトリック よろしくお願いします。

ヤマザキ パックンはアメリカ生まれなんですよね。来日してもう25年以上だそうですけど、こんなに長く日本で暮らすことになると思ってましたか？

パトリック いや、最初は1年で帰る予定だったんですよ。僕は大学で宗教学を勉強したんですけど、卒業してもこれといった仕事もないし、進路も決まっていなかったから、友達に誘われて日本に来ただけなんです。日本語を勉強していたわけでもなくて、ただ冒険したかったんですね。

ヤマザキ そこから、どうして芸人を目指すことになったんですか。

パトリック そもそも、アメリカにいたときから役者をやりたかったんですよ。僕のお父さんが演出家だったこともあって、僕は幼稚園から大学までずっと演劇をやっていたんです。ハリウッドに行っても、僕みたいな顔はいっぱいいるから、もう少し自分の独自性が出せるところがいいかなと考えて、日本に来てからは福井で英会話講師をやりながら劇団に入って、東京を目指そうと思ってました。

ヤマザキ　でもその当時は、日本には外国人のタレントさんはまだそんなにいなかったんじゃないですか、私は日本にいなかったのでわからないけど。

パトリック　いや、わりと多かったですよ。ケント・ギルバート、ケント・デリカット、デーブ・スペクター、セイン・カミュ、ケント・フリック、あとチャック・ウィルソンも。

ヤマザキ　そうだった！　日本にいなかったのに、その名前はすべて私も知ってる。

パトリック　アメリカの白人が多かったんですけど、あの中には役者はいなかったんです。だから、「よし、僕の枠がここにあるぞ」と思っていたんだけど、これといった大きな仕事も回ってこないまま1年くらい経ったところで、知り合いに「お笑い芸人になって有名になれば、誰かがあなたのために役を書いてくれるよ」と言われて、それで役者の一環として芸人を始めました。

ヤマザキ　今さらですけど、『テルマエ・ロマエ』の映画に出てもらえばよかったですね。キャスティングを決めるプロセスに私が関われるわけではないのですが、日本在住の外国の方で演技ができる人を集めたと思うんですよ。ところが、そのときちょうど3・11が発生して、契約した外国人キャストがみんな日本から出ていってしまった。温泉のモブシーンとか、急遽インド・ヨーロッパ系の容姿をしている在留外国人を探して、イランやパキスタンの人たちに出てもらったのだと聞いてます。パックンには声かからなかったですか?

パトリック 声かからなかったなあ。有名人になって10年くらい経ってたのに。

ヤマザキ スケジュールが合わなかったのかもしれない。それとも、ギャラが高かったのか。

パトリック そうだなあ、そういうことにしよう! じゃあ、次回はお願いします。

ヤマザキ ぜひお願いします。ところで、パックンは漫画は読みますか?

パトリック 家族は漫画ばっかり読んでますけど、僕は普段クソ真面目な本専門ですね。漫画は『あしたのジョー』とか有名な作品は勉強のために最初の1巻だけ目を通してます。でも、今日はヤマザキさんの作品をちゃんと読んできました。

ヤマザキ 漫画を普段読まないのに、恐縮です。

パトリック いやいや、『オリンピア・キュクロス』、3回読みましたよ。僕、勉強になるから歴史漫画は読んでいいという特別枠をつくっているんです。でも、歴史漫画だと思って読んでいたら、急にタイムスリップしたりして、現代のペンや紙のメダルを持って帰るところなんて、おもしろかったです。

ヤマザキ　パックンの立場からしてみれば、日本にやってきて、日本の奇妙な部分をいろいろ垣間見るということの展開は、感覚的に同調できたりするもんでしょうか。私も日本人ではありますが、若いときから海外にいるから、帰ってくるたびに日本の特異さを感じることがたくさんありまして。『オリンピア・キュクロス』は、まずなぜ日本では運動会やら何やらやたらと運動のイベントが多く、ニュース番組をはじめとして、スポーツ関連の報道が他国と比べてこんなに多いのだろう、と感じたのが動機でした。

パトリック　描いてみて、わかりましたか？

ヤマザキ　まだ模索中です。でもどうやら、日本の人は運動というきっかけによって群れ、競技を観て熱中することでストレスを発散する必然性が強い民族なんじゃないか、というのが私の今の時点での見解です。

　オリンピックだってそもそも神に捧げるための祭事だったわけですが、なぜ古代ギリシャ人は神殿の前で踊りや音楽ではなく、運動をするのだろう、というのも不思議でした。

パトリック　ギリシャ人だけじゃないですよね。世界最古の文明が発祥したメソポタミアのシュメール人もお尻で押し合うようなことを神様に捧げていましたし、アステカ文明やマヤ文明でも、宗教行事のひとつとして、お尻サッカーみたいなことをやっていました。

ヤマザキ 運動という宗教行事ってことですよね。ただ、現代では、宗教性を感じながらするスポーツなんてそんなにありませんからね。今のオリンピックの運動は、もう宗教的祭事とはかけ離れています。我が国のお相撲は今でも神事ということなのかもしれないけど、土俵の上には女が上がっちゃいけないとか言われると、今の時代にそれはなかろうと抗議の声も上がる。

パトリック 確かに、むかつくだけですよね。

日本は世界のトップを知らない

ヤマザキ ちなみに、パックンはオリンピック好きですか?

パトリック 正直、僕はスポーツを観るよりやる方が好きなんです。だから、オリンピックもじっくり観るということはそんなになかったんですけど、アメリカがアイスホッケーで金メダルを獲った1980年レークプラシッド冬季オリンピックのミラクル・オン・アイス(氷上の奇跡)はすごく印象に残ってますね。あのチームは二流のプロと大学生で編成されていたんですが、当時史上最強と言われたソ連に決勝で勝つという、まさにミラクルを起こしたんです。

ヤマザキ　冷戦時代だったし、代理戦争的な意味合いもあったわけですね。

パトリック　そうなんです。あとはやっぱり、あの時代のヒーローだったカール・ルイス①とかですね。でも、アメリカ人は日本ほど一丸となってオリンピックを観ていないですよ。スポーツが好きな人だけが共有するものという感じですね。

ヤマザキ　イタリア人もほとんどの人がオリンピックを観ないですね。イタリア人であればみんながみんなサッカーが好きというわけでもないし、ましてや他のスポーツは、それを知っている特定の人しか盛り上がらなかったりします。基本的に、学術系の特に文系の人は、尽《ことごと》くスポーツへの関心がないという傾向が強いですね。本当に興味がない。何十年もそんな人たちの中で過ごしてきたせいで、私もスポーツへの関心が希薄になってしまいました。

パトリック　そういう感覚はアメリカも一緒ですね。アメリカではアメリカンフットボールがスポーツの中で一番人気があって、スーパーボウル②というプロリーグの優勝決定戦はアメリカ最大のスポーツイベントなんですけど、やっぱり興味がない人はけっこういます。

たとえてみれば、これは誰がどの宗教を信じるかというのと同じなんじゃな

①アメリカの男子元陸上競技選手。ロサンゼルス大会からアトランタ大会までオリンピック4大会連続出場。100メートル・200メートル・走り幅跳び・4×100メートルリレーで合わせて9個の金メダル、1個の銀メダルを獲得した。

②アメリカのプロアメリカンフットボールリーグの優勝決定戦。AFCとNFCの両リーグの1位チーム同士が対戦する。

いかな。カトリックはカトリック、プロテスタントはプロテスタント、無宗教は無宗教、でもみんな同じ社会の中で生きている、みたいな感じですよ。

ヤマザキ　イタリアは逆にカトリックという縛りや家族の強い結束がある社会だから、運動にそこまで一体感を求めなくてもいいということなのかもしれないですね。

パトリック　アメリカで、オリンピックでアメリカ人選手だけが注目されすぎるという批判を聞いたことがあるから、イタリアよりはオリンピックで盛り上がるかもしれないですね。

　と言っても、日本の比ではないですよ。だって、アメリカのテレビはたとえアメリカ人選手の成績がぱっとしなくても他の国の選手が金メダルを獲るところまで映しますけど、日本は日本人選手が銅メダルを獲ったら、そこで放送が終わるじゃないですか。その後の金メダルは映さないんですよ。オリンピックだけじゃなくてワールドカップもそうです。だから、日本にいるアメリカ人は自分の国のチームや選手が映らないから応援できないということが、けっこうあるんです。

ヤマザキ　辛いですね。それは日本に住んでいる外国人みんなが思っていることですよね。

パトリック　逆に、日本人がたとえばロシアに行ったら、やっぱりロシア人選手ばかり注目されて、日本人の選手はほとんど放送されないでしょう。オリンピックって、平和を愛するスポーツの祭典だと言っているけれど、これは国家主義をあおるものですね。

ヤマザキ　運動は武器を使わないし殺し合いをしないけど、結局は戦争ですから。古代オリンピックも、戦争の代わりにこの〝祭典〟を生み出したわけだし、人ってのはつまり戦いたいんですね、常に。

パトリック　そう、スポーツは疑似戦争でもある。

考えてみたら、戦士とスポーツ選手って似ていますよ。みんなが武器を持って戦うというのは国民国家になってからの話で、その前の時代の戦士はみんなプロだったから、戦争はいわばプロ同士の戦いだったわけじゃないですか。彼らは「はい、戦争やります。何時何分ここに集合」って集められて、どこかの野原で相手と戦って、戦争が終わったら、お金をもらったり、領土をもらったりしていました。やっていることはまるで試合に行くスポーツ選手みたいだったんですよ。

ヤマザキ　わかりやすいですね。戦士も国に雇われて、何対何の対決をしていたということですよね。

パトリック　だからといって、僕はオリンピックが嫌いなわけではないですよ。むしろ、僕、大好きです。戦争より、スポーツで対戦した方が絶対にいいし、スポーツには、その国の伝統文化の代表として、歴史を背負って戦うという付加価値もありますしね。

ヤマザキ　選手や観戦者皆にそういう意識があれば、オリンピックの質感も文化性を帯びるのだろうな。まあ、人はもっと短絡的な次元で楽しみたいっていうのはあるでしょうけどね。

それにしてもですね、日本は運動と国威宣揚が旧ソビエトやアメリカや中国並みに一体化している印象があるんですよね。

パトリック　日本がとてももったいないことをしているのは、今、アメリカにシモーネ・バイルズという、史上最強の体操選手がいるんですよ。アフリカ系なんですけど、彼女はこの前のリオデジャネイロ・オリンピックで4つ金メダルを獲って、世界選手権では男女を通じて史上最多の金メダルを獲得、AからIまである体操の難度でそれを超えたJ難度の技にも史上初めて成功した人なんです。でも、日本のメディアが体操を取り上げるときは、日本人選手のことばかりですね。

ヤマザキ　彼女の演技をユーチューブで観たことがありますけど、もう人間技と思えないような身体能力ですよね。まさに感動的。

パトリック　体操って1位と2位の差が0・01とか0・02の世界なのに、2点とかの差をつけて優勝しているんだから、本当にすごいんですよ。でも、日本でシモーネ・バイルズはそんなに有名じゃないでしょう？

　日本で知られている外国人のトップアスリートはサッカー選手と、あとウサイン・ボルトぐらいしか思い浮かばないですね。自国民に注目しすぎて世界のすごさに気づいていないのはもったいないなと思います。自国を応援しながら、世界のトップがいかにすごいかというところにも目を開いてもらいたいですね。

ヤマザキ　おっしゃる通りです。視野をもっと広角にしてもらいたい。それがまたいい触発になって、次の進化に役立ちますし。映画だってどこで作られたかではなく、良質の作品であれば皆観たいですから。

パトリック　自国の選手が負けたって、それを上回るパフォーマンスが観られたら幸せだと思ってほしいですね。

　勝ち負けには運もあるし、勝つか負けるかなんて、結局、サイコロなんです。アメリカのスポーツファンは基本的には日本のファンよりはるかに厳しくて、監督の采配に賛成できなかったり選手がちゃんとプレーしなかったりしたらすぐブーイングですけど、いい試合で負けても、別に誰もブーイングはしない。

精一杯戦って負けるんだったら、それはしょうがない、神様の思し召しなんだから。
ヤマザキ　勝ち負けがわからないという部分は、要するに占いみたいなものですよね。古代の人々にとって占いは必須だったわけだし。
パトリック　僕も大好きなアメフトのチームが勝ったら、俺の行いがこんなにいいからだって思いますからね！　これが運命だったんだ、とか言って。
ヤマザキ　占いの結果は自分の受け取り方次第だと思ってるんで、もうすべてポジティブに捉えていけばいいってことですね。

これからのオリンピックは「オリンパックン」になる⁉

パトリック　今年（2019年）のラグビーワールドカップもそうでしたけど、国際大会になると急にスポーツの人気が出るというのも、日本の特徴ですよね。アメリカでは、普段はスポーツに興味がない人があそこまで熱狂するということはないですよ。日本人は8割の人がワールドカップ観るじゃないですか。
ヤマザキ　ご近所の奥さんとか「え、あなたってラグビーがお好きだったんですか？」みたいな人まで観てましたからね。

パトリック　でも、僕は正直、そういうの好きですよ。興味がないことにも、みんながやるからやろうって、お祭り気分になるのは楽しいじゃないですか。僕もラグビーに全然興味ないし、アメリカンフットボールの方が100倍おもしろいと思っているけど、みんなで一緒にテレビを観て、隣にいる詳しい人に「あの反則、何でだめなの？」とか聞いて、翌日、それを人に説明するの大好きですよ。「知らないの？　あれはジャッカル③って言うんだよ」って。

ヤマザキ　知ったかぶりしてね。

結局、人というのは群生の生き物なわけだし、きっかけがラグビーだろうと何だろうと、ひとつの塊を司る存在を作ることで安心を得られるわけですよ。運動であろうと、宗教であろうと、国家であろうと、単独だと脆弱な私たちが守られる集団がそこにあれば、帰属したいという心理が働く。

パトリック　人間は社会的動物ですからね。宗教は社会を守るために生まれたものだし、社会も宗教を守るんです。そういう相乗効果があるということは、定説として知られています。社会進化論で言うと、結局、社会を守る効果の強い宗教が残ったということなんです。

ヤマザキ　キリスト教、イスラム教、仏教が人間の社会の中で最も群れをまとめることに成功した宗教組織、ということになりますね。

③タックルで倒れた選手のボールを奪い取るプレー。元オーストラリア代表のジョージ・スミスが得意とし、彼の愛称から名づけられたという。

しかし、いったんその一心同体感が築き上げられてしまうと、今度は異質なものを排除したり、戒めたりするという行動を取るようになる。一神教の宗教が、この世で人々が信じるべきなのは自分たちの神だけだ、みたいな狂信的意識にとらわれると、IS④のように自分たちの仲間にならない人間を虐殺したり、テロを起こしたりするようになる。

これは宗教だけの問題ではありません。政治体系だって独裁者がいたり、多元的な思想を認めない社会も、狂信的な宗教色を帯びてくる。

パトリック　宗教じゃないのに宗教っぽくなる。おもしろいですよね。

ヤマザキ　社会のためとして持っている思想が信仰化し、俯瞰で物事を見極めることができなくなっていく。

パトリック　怖いですね。でも、固まって熱狂することによって、世界が改善されることもありますからね。

僕は、今度の東京オリンピックで結局コンパクトなオリンピックにならなかったことをはじめ、残念だなと思うところもいろいろありますけど、だからといって反対はしないですよ。さっき言ったようなお祭りみたいな感じが大好きだし、日本人選手がオリンピックに向けてがんばっているのもいいと思います。

ヤマザキ　やり方次第では、今、オリンピック反対と言っている人たちも賛同

④Islamic State。イラクとシリアにまたがる地域で活動するイスラム過激派武装組織。

してくれるチャンスはたくさんあったんですよね。巨額の費用だって、きちんと使い方がわかっていたら、「そういうことならいいんじゃない？」と言ってもらえた可能性もあると思います。

パトリック　オリンピックをきっかけに、外国人のインバウンドを意識して英語の看板を増やすとか、ホテルの数を増やすとか、インフラを整備するということができたら、よかったですね。

あと、オリンピックは全部代替エネルギーでやると言って、ソーラー発電や風力発電にお金を回せば、すごくかっこよかったと思います。それができていたら、真夏に開催しても、クーラーをがんがん効かせて、「これ全部、CO_2を排出しない、地球に優しい電気です」って言えたわけじゃないですか。あるいは、シャトル・バスとか自動車は全部電気自動車にするとか。

ヤマザキ　でも、最新技術に莫大なお金を投資し、経済の威力を見せつけることばかりが人を圧倒する、という考え方は短絡的すぎるし、安直だと感じてしまいます。

パトリック　だからといって、だめな国ではないと僕は思いますよ。日本が独自路線をとれなかったのはもったいないことだけど、今までのオリンピックだって、開催国だけの独自の何かで全部やったところなんてひとつもないでしょう。日本がダントツな成功例ではなくても、まあ平均的なオリンピックにはなるんじゃないですか。僕、今の市松模様のロゴとか大好きですよ。

ヤマザキ あれはいいですよね。紺と白の二色だけで奥行きと高尚感を出していて、躍動感もある。確かに他の国の人にはないセンスだと思います。

パトリック もし僕がオリンピックの改善案を出すとしたら、国家主義になりすぎないように、合同チームみたいなものを作ります。たとえば、GDPのトップテンとボトムテンを組み合わせて、日本とアルジェリア、中国とガーナみたいな合同チームにする。あるいは、人口の多いところと少ないところが一緒にやるとかですね。

ヤマザキ この前、ニュースでやっていたんですけど、群馬県の前橋市が南スーダンのホストタウンになっていて、南スーダンにいるとなかなか練習もままならないから、今年（2019年）秋から選手を前橋に招いてトレーニング場所を提供しているんだそうです。観ていて、「いい取り組みだな」と思いました。今だって、難民選手団はオリンピック旗の下で参加しているわけだし、もっと国境の「ボーダー」という意識を外していけばいいですよね。

パトリック ロシアだってドーピングの不祥事があったから、ロシア国旗じゃなくて、オリンピック旗を使っていましたしね。

100メートル走は個人戦でしようがないけど、国別リレーの後はいろんな国のチームでシャッフルリレーとかをやってもおもしろいじゃないですか。他国民や敵国の人とも一緒に走ったら金メダルが獲れたりするかもしれないし、入場するときも敵国の選手と手をつないで入ってきたら、かっこいいですよ。だって、人間同士なんですからね。

ヤマザキ　ぜひ、やってほしいですね。実現できたら、すごく文明の熟成を感じると思います。

パトリック　なったら俺のおかげ！　オリンパックンだな！

ヤマザキ　オリンパックン委員会ですね。マルCパックンと書いておかないと！

ランナーズハイの恍惚はどこから来るか

ヤマザキ　ところで、さっき「スポーツは観るよりやる方が好き」ということでしたけど、パックンはどんなスポーツをやってきたんですか？

パックン　アメリカは複数の部活ができるから、サッカー、バスケ、バレー、陸上競技をやりました。今は三遊亭小遊三師匠が部長の「らくご卓球クラブ」

に所属してます。けっこうはまってますよ。
　ヤマザキさんはスポーツはしないんですか？
ヤマザキ　私は元々運動があんまり好きじゃないんですよ。でも、子どもの頃から運動能力がなぜか長けていたので、小学校のときはずっと100メートル走の選手だったし、幅跳びもバスケットも選手になって競技会に出されてました。
パトリック　でも、楽しいと思わないんですか。
ヤマザキ　たとえば目的が運動ではない運動ならいくらでもやります。海でシュノーケリングなんてやると1時間でも2時間でも泳いでいられる。でもこれが、プールのレーンだと、もう意欲が減退してしまうんです。そもそも私はみんなで一緒にまとまって何かをやったり、決められた通りのことをするのが苦手なんです。「がんばれ！」とか言われて期待されるのも嫌ですし。本を読んでいる方が楽しい。
パトリック　読書家タイプのスポーツ選手なんですね。
ヤマザキ　運動にはまる人の気持ちを知りたくて、10キロメートルのマラソンに出たことがあるんですよ。でも2キロ地点で死にそうな気持ちになったんで、リタイアしようかなと迷っていたら、「75歳、がんばります」というたすきをかけたおじいさんが、息をきらしながら私を追い越していったんです。「よし、せめて、あのおじいさんについていこう」と思って、後ろについて走っていったら、みんなに「がんばれ」って拍手してもらえまして。それは、そのおじいさんに向けての拍手なんですけど（笑）、自分もちゃっかりあやかって1時間で完走できました。その間に、ランナーズハイみたいなものがきたのがわかりました。途中から苦痛が感じられなくなったんです。不思議だった。

パトリック　僕は全然不思議に思わないです。薬物でハイになる人もいるし、お経や瞑想でハイになる人もいるし、運動でなる人もいるということですよ。僕も、自分が出場した試合で別世界に突入するみたいな高揚感を感じたことが何度もあります。ああいう気持ちは、宗教では経験したことがないですね。

ヤマザキ　人によってはインドのサイババみたいな宗教者を前にすると恍惚とするらしいけど、私は経験していないなあ。空海のあげるお経とか直に聞いたらなるだろうか。わからない。

パトリック　歌うときぐらいじゃないですか。僕は聖歌隊だったんですけど、教会で歌うのもお経を唱えるのも、恍惚感みたいなものにつながると思いますね。

ヤマザキ　確かに、歌にはそれはあるかも。カラオケに行きたがる人がいるのは、それがあるからなんだろうか。

パトリック　イスラム神秘主義のスーフィー⑤でダルヴィーシュという修行僧がいるじゃないですか。日本でダルヴィーシュと言ったら野球の選手だけど、彼のお父さんはイラン系でしょう？　ダルヴィーシュってペルシャ語なんですよ。ダルヴィーシュの修行には、神の名を唱えながら頭を横に倒してぐるぐる回るというものがあって、あれもすごい運動だと思います。あんなスピードで回っていて、普通なら三半規管がおかしくなってしまいますよね。あれ、アスリートですよ。

ヤマザキ　私がシリアに住んでいたとき、よく行くレストランで時々スーフィーが旋回舞踊をやっていました。何人かのおじさんが高速でぐるぐる回りながら時々パッと止まるのに、全然フラフラしてませんでしたね。真似したけど、数回の回転ですぐに気持ちが悪くなって倒れました。ああいう体の動きから恍惚感を感じるということなんですね。

パトリック　日本のおみこしもそうですね。酒を飲んで、ものすごく重いものを運びまわっているだけですけど、みんなハイになりますね。

ヤマザキ　重ければ重いほどハイになる。諏訪の御柱祭で山の上から巨大な丸太を一気に落とすのも、それこそ死ぬ人が出るくらい危険なことをしているの

⑤羊毛（スーフ）をまとう者の意味で、粗衣を懺悔の表徴とし、苦行に励む禁欲の修行者のこと。

に、皆そんな可能性などお構いなしな盛り上がり。

パトリック　昔の人は自然と隣り合わせで暮らしていたから、無謀な挑戦で犠牲になる人がいても、それによって神様が村全体を赦免するというような宗教観もあったんじゃないかと思います。

ヤマザキ　自ら望んで滝に打たれて苦行をするみたいなことも、体を使ってハイになるということでは、結局、運動とあまり変わらないってことですね。やっぱり、生きるという容易ならないことを乗り越えていくためには、そうやって時々ハイになることも必要なのかもしれません。

リオのカーニバルとかに行くと、それこそ踊り子も観客もみんなハイになった状態で朝まで寝ずに踊りっぱなしで、もう瞳孔が開いちゃってますからね。あの高揚感は最高だと思います。「生きてるって最高だぜ！」っていう感じが何万とそこにいるすべての人から放出されている。

パトリック　いいですね。飲みながら、踊りながら、リズムに乗って。

ヤマザキ　運動も踊りもお祭りも、どれもドーパミンが出ているから、アフリカが起源のブードゥーみたいな降霊術で「何か降りてきた！」という感覚に陥るんでしょうね。

パトリック　だいたい、宗教から得るものというのは異常じゃないですか。そのプチ異常体験がスポーツの中にもあるわけですよね。

キリストと人気アスリートの共通点

パトリック　自分の代わりに苦行をしてくれる人を応援すると、その人の修行を通じて自分も報われるという宗教観が世界各地にありますよね。日本でも昔、自分の代わりに伊勢神宮までお参りに行ってくれる巡礼者を応援したりしていましたし、インドでは今でも断食する人をみんなで応援する習慣があります。修行をやってくれる人に自分を仮託するというあの感じは、まさにスポーツ選手を応援するメンタリティーに通じるものだと思います。

ヤマザキ　インドに行くと、素っ裸の灰だらけのおじさんにみんなが食べ物をあげたりしてますよね。樽に住んでいたと言われる古代ギリシャの哲学者ディオゲネス⑥だって、人々からお布施をもらって生き延びていましたし、昔の聖人と呼ばれるような人は、だいたいそんなことをしていたんじゃないですか。

パトリック　磔《はりつけ》とかも、まさにそのものですね。

ヤマザキ　ひとりでイバラの冠をかぶって、十字架を担いで……すごい苦行ですよね。十字架にかけられた姿を見て、みんなが「ああっ」てなっているのは、

⑥ソクラテスの孫弟子にあたり、犬儒派（キュニコス派）の思想に沿って犬のような質素な生活を送ったため、「犬のディオゲネス」として知られる。

辛さに耐えて一生懸命がんばる運動選手に向ける眼差しと同じです。そう考えると、やっぱりキリストのヒーロー性は王道ですね。

パトリック　文化人類学者のレヴィ＝ストロース⑦は、そういうヒーロー的な存在は各宗教に必ず登場すると書いていますね。これは人間が本能的に反応するもので、『スター・ウォーズ』のストーリーもその延長線上にあると言われています。

ヤマザキ　みんな運動と宗教を重ねて考えるということをあまりしないし、宗教とスポーツは違うもののように捉えられているけれど、人を一心同体にして、恍惚感をもたらす、という意味では結局同じものなんだというのが、この対談でわかってきた。

パトリック　だけど、宗教観が薄れても、スポーツの人気は薄れないというのはおもしろいですね。宗教によってハイになれることが減ってきているから、スポーツが盛り上がってきているとも言えるのかもしれない。たとえば、アメリカでアメリカンフットボールの試合はだいたい日曜日にやるんですけど、試合のために教会に行かなくていいということが許されるようになってきていて、それによってアメフトの興行収入も増えているんです。本当は安息日だから運動したらいけないはずなのに、それだけ宗教の戒律が弱まっているんですね。

⑦現代フランスを代表する文化人類学者。著作『野生の思考』やサルトルとの論戦を通じて、現代思想の潮流を実存主義から構造主義へと転換させ、「構造主義の祖」とされる。

ヤマザキ　宗教が薄れている代わりにそれを補うものとしてスポーツが人気になる。人は結局、生きることの大変さから気持ちを解放してくれる組織や行事を求めているってことですね。なんだかパックンの宗教学論文を聞かせてもらっているような気分です。パックンと話していて、私も運動を今以上に改めた目で観てみようかなという気持ちになりました。

パトリック　ハーバードで勉強したことを初めて使った！　この仕事をしたくて、あの授業を受けたんだな。

生身の感動がもたらす爽快感

ヤマザキマリ対談集

第7回

ヤマザキマリ × 中村勘九郎

中村勘九郎（なかむら　かんくろう）

歌舞伎俳優。屋号は中村屋。1981年東京都生まれ。十八代目中村勘三郎の長男。1986年1月歌舞伎座『盛綱陣屋』の小三郎で初お目見得。翌1987年1月歌舞伎座『門出二人桃太郎』の兄の桃太郎で二代目中村勘太郎を名乗り初舞台。2012年2月新橋演舞場『土蜘』僧智籌実は土蜘の精、『春興鏡獅子』の小姓弥生後に獅子の精などで六代目中村勘九郎を襲名。歌舞伎の舞台公演にとどまらず、映画、テレビ、写真集など幅広い分野へも挑戦。2019年NHK大河ドラマ『いだてん〜東京オリムピック噺〜』に金栗四三役として主演。

対談日：2019年12月13日

金栗四三はタイムスリップしていた⁉

ヤマザキ　『いだてん』①で、勘九郎さんは日本人初のオリンピック選手となった金栗《かなくり》四三《しそう》さんを演じられましたよね。私と今『プリニウス』という漫画を共同制作している漫画家のとり・みき氏は熊本出身なんですが、「テレビドラマ史上、ネイティブじゃない熊本弁であんなに完璧だった人は初めてだ」と、勘九郎さんのことを激賞してました。

中村　本当ですか？　熊本弁、すごく難しかったんですよ。褒めていただけるのは、方言指導の先生のおかげですね。

ヤマザキ　勘九郎さんが演じられたからということもあったと思いますけど、ドラマで観た限りでは、金栗さんってすっとこどっこい感と人間味があって、おもしろい方ですよね。

中村　演じるにあたって、金栗さんに関する本や資料も読みましたが、いろんなところで「すごく笑顔が印象的な人物」と書かれているんです。でも、根は攻撃的というか、実はかなり肥後もっこす的な頑固さもあって、そこが実に魅力的な人なんです。

①日本初のオリンピック選手である金栗四三（中村勘九郎）と、東京オリンピック1964招致に尽力した田畑政治（阿部サダヲ）を主人公にした2019年放送のNHK大河ドラマ。作・宮藤官九郎。

ヤマザキ　最初の校内マラソンでおしっこしていて遅れるとか、おもしろいエピソードもたくさん出てきますね。

中村　金栗さんに限らず、『いだてん』の人物エピソードは全部実話です。金栗さんは負けた試合でけっこう遅刻しているんですけど、初めてのオリンピック出場だった1912年のストックホルム大会で、結核を患っていた大森《おおもり》兵蔵《ひょうぞう》監督を介抱していて遅れたというのも、本当にあったことなんですよ。

ヤマザキ　あのオリンピックのレースで熱中症になってしまって、目が覚めたら農家で介抱されていたというのは、最高のエピソードでした。

中村　金栗さんは外国人選手のスタートダッシュの速さに圧倒されてペースが乱れてしまったそうなんですが、何しろ、出場選手68人中34人がリタイアしたほどの暑さでしたからね。金栗さんは、朦朧としてコースを外れ、農家の庭先で倒れてしまう。

　あの農家の方はペトレさんと言って、ペトレ家の旦那さん役と奥様役は現地の役者さんが演じたんですが、その周りにいた人たちはペトレさんの本当の子孫の方々だったんです。スウェーデンロケのとき、金栗さんとしてあそこの農家で倒れ込んで、目が覚めてその人たちの顔を見たときには、追体験ではないですが、ほんと、不思議な感じになりました。

ヤマザキ　それはすごい。時空がつながってワープしたみたいですね。

中村　あのロケでは、ストックホルム・オリンピックのスタジアムに足を踏み入れた瞬間も忘れられないですね。スタジアムはほとんど当時のままで残っているんですけれども、100年以上前、金栗さんたちも実際にあの場所で行進していたわけじゃないですか。撮影のときはエキストラの方が20～30人ぐらいいただけで、観客は全部CGでしたが、それでもプラカードを持って行進したときは鳥肌が立ちました。生田斗真くんが演じたもうひとりのオリンピック代表、三島弥彦の短距離・中距離のレースも含めて、あそこでの撮影はちょっと次元が違うという感じでしたね。だからこそ東京の旧国立競技場②も残しておいてほしかったな、と思います。あれがなくなってしまったのは寂しいですよね。

ヤマザキ　私も、どうして前の国立競技場をもう一度きれいに修復して、過去のオリンピックへの敬いも込める意味で再利用する、という発想につながらなかったのかなと、未だに思います。今のオリンピックはすっかり商業主義と国威発揚の場になってしまっているから、歴史を伝える古いものを受け継いで感動を与えるということが、もう3の次、4の次なんですよね。今度のオリンピックは、日本のような経済大国こそ、お金があることをあからさまにひけらかすかのように新しい建物ばかり建てるのではなく、文化財にリスペクトを持

②正式名称は国立霞ヶ丘競技場・陸上競技場。第3回アジア競技大会の主競技場として、東京都新宿区明治神宮外苑に1958年に完成。1964年の東京オリンピックの中心会場となった。2014年建て替えのため解体。2019年跡地に隈研吾設計の新国立競技場が完成。

つ心のゆとりがあるということを示す良い機会になったはずだと思うのです。

中村　古きを重んじるということですよね。まったく同感です。

ヤマザキ　金栗さんを観ていて、ちょっと『テルマエ・ロマエ』を思い出したりしていたんですけど、実際、金栗さんがストックホルムに行ったときは、まさに異空間へタイムスリップしたのと同じ気持ちだったと思います。当時は今と違ってメディアも発達していなかったから、ストックホルムがどんなところなのかというイメージもできていないまま、日本とは何もかも違うところに行ったわけでしょう？　北欧の人たちの体軀はヨーロッパでもとりわけ大きいですし、腰を抜かしそうになったでしょうね。

中村　絶対そうですよ。食べるものも違いますし、白夜で夜もずっと明るいからみんなでどんちゃん騒ぎをしていて寝られない。相当なストレスだったと思います。しかも、恩師である嘉納治五郎の到着が手違いで遅れ、監督を務めるはずの大森兵蔵も病気で倒れている……初めての外国で、本番に向けて自分ひとりで調整しなければならないという孤独感が一番辛かったでしょうね。

ヤマザキ　何か辛いことがあっても、頼れる人がいなかったわけですものね。そういう孤軍奮闘の部分も含めて異次元タイムスリップ感を感じるわけだけど、そんな中で金栗さんは本当によくやりましたよね。

中村　金栗さんが書いた「盲目日記」というものが残っていて、ストックホルムのレースの翌朝に書いた日記には「この重圧を全うすることあたわざりしは、死してなお足らざれども、死は易く、生は難く、その恥をすすぐために、粉骨《ふんこつ》砕身《さいしん》してマラソンの技を磨き、もって皇国の威をあげん」と記されています。負けたら切腹だと本当に思っていたんですよね。その上で、生きるということを選んだわけですから、「やっぱり強い人だな」って思います。

ヤマザキ　それこそ、江戸の侍スピリットがまだ残っている時代でしたからね。金栗さんだけではなく、日本女性初の留学生になった津田梅子たちなど当時の人は皆、死ぬ覚悟で未知なる外国に挑んでいったのだと思います。金栗さんはその運動版と言える存在ですが、全身全霊でお国のためにがんばるというところは、今の時代との大きな違いではないでしょうか。

中村　本当に、計り知れないぐらいの違いだと思います。彼は元々海軍に志願していた人ですし、あの時代を考えると、やっぱり「お国のために」という意識がすごく強かったでしょうね。オリンピックで日章旗を渡されたプレッシャーたるや、相当なものだったはずです。

金栗さんは捲土重来《けんどちょうらい》でストックホルムの次のベルリン・オリンピックを目指したわけですけれども、結局、第一次世界大戦で中止になってしまうし、その後に2度出場したオリンピックでも勝つことができなかった。世界記録を3度も更新しているのに、海外が向いていなかったのかもしれないですね。

ヤマザキ　やっぱりいろいろな意味で、日本とは環境が違いすぎたんだと思いますよ。金栗さんはいわば遣唐使みたいなもので、ものすごいカルチャーショックを受けつつも、国のために外国で得たものを持って帰らないといけないという使命を司っていたと思うし。

中村　なるほど、言われてみればそのとおりですね。

ヤマザキ　『いだてん』は視聴率がどうこう言われましたけど、最高のドラマだったと思います。近代オリンピックの歴史や当時の日本にとって未知のものだった運動の成り立ちまで、ちゃんと露わにして見せてくれましたから。ヒトラーの回なんて、すごかったですよ。あのベルリン・オリンピックから政治と運動がつながったということを真正面から描いて、しかもそれが今に至るまで続いているということが本当にリアルに伝わってきました。

中村　僕も、聖火リレーがベルリン・オリンピックから始まったことは知らなかったです。

ヤマザキ　これまで世界中のいろいろなところでオリンピックを開催してきましたけど、開催前に1年かけてオリンピックのドラマを放送するなんてこと、他の国ではやっていないと思うんですよね。『いだてん』はオープニングも素晴らしいし、脚本も素晴らしいし、役者陣も含めて、もう全部素晴らしいって、通の人はみんな大絶賛してますよ。

中村　宮藤（官九郎）さんの脚本は本当におもしろかったですよね。あと、横尾忠則さんのあのポスターもすごかった。

ヤマザキ　あれはハイレベルなデザインですよね。あのロゴの3本足はミケーネ文明が発祥とされるトリスケル（三脚巴）という伝統的な文様で、私がそのことについて軽くツイッターで触れたら、何千ものリツイートがついたんです。意外と知られていないんだなと思いましたけど、三脚巴はシチリア島のシンボル、トリナクリアにも使われているんですよ。シチリア島は古代ギリシャの植民地でしたし、あのシンボルにはそういうオマージュも入っているのかもしれない！と、勝手に解釈して感動しました。

インドア派の肉体改造

ヤマザキ　以前、勘九郎さんとお話ししたとき、けっこうインドア系の方だというイメージがあったんです。そういう勘九郎さんがオリンピックがテーマの大河ドラマに出演するにあたって、何か心構えのようなものはありましたか？

中村　おっしゃるように、僕、本当は歩くのも嫌いな人間なんです（笑）。舞台では激しく動くフィジカルな役をやることが多いので、アウトドア人間だと思われがちなんですけど、休みの日もずっと家にいるし、外に出るのは芝居や映画を観に行くときぐらいだったりします。

でも、マラソンランナーを演じる以上、42・195キロの30キロ地点ぐらいの脚ってこういうものですよ、という説得力がなきゃいけないじゃないですか。舞台ならともかく、映像で脚のアップを映されたら絶対ごまかせないですから、ちゃんとトレーニングしなきゃいけないというプレッシャーはありました。

準備期間も含めれば2年半ぐらい走ることに取り組みましたが、マラソン指導をしてくださったランニング・コーチの金哲彦さんには最初、「勘九郎さんの脚はマラソンランナーの脚ではないし、駅伝走者の脚でもない」と言われました。歌舞伎をやっていると太ももがものすごく発達するので、金栗さんを演じるためにはそこを削ぎ落とす作業をしないといけなかったんです。

ヤマザキ　でも、『いだてん』の準備もしながら歌舞伎の舞台もあったんでしょう？　両立できたんですか。

中村　できました。歌舞伎をやり続けていると歌舞伎の体になるのと一緒で、特別にウエートトレーニングをしなくても、走るトレーニングをすれば自然と走る脚になっていくんですね。『いだてん』の撮影が終わったら、また元の脚に戻りましたけど。

ヤマザキ 歌舞伎を観ていると、ものすごく重い衣装をつけた状態であんなに体を動かすじゃないですか。役者さんは大変だなと思うんですけど、歌舞伎の体の動かし方とスポーツの動かし方は、やっぱり違うんですか。

中村 全然違いますね。有酸素運動と無酸素運動の違いもありますし、走る方は歌舞伎と違って立ったり座ったりする動作がないんです。あれが役者にとって膝を痛める主な原因になっていて、僕も膝が悪いんですけど、金さんに教わったフォームで走ればまったく気になりませんでした。

ヤマザキ 感じられる体の反応が違うんですね。それにしても、ほとんど走ったことがない人が、あんなに走り込んだような体にできるものなのかなと思いながら観てました。

中村 走り込みました（笑）。撮影ではほとんどカットされてますが、放送された8倍は走っているんです。1回のカットで、大体200から300メートルぐらい走るとして、まずテストがあるでしょう？ それから、ロングで撮るのと、アップで撮るのと、脚だけ撮るのとで、なんだかんだと8回ぐらい走りますからね。最終的にはドローンでも撮影しますけど、撮影スタッフもカメラを担いで一緒に走るから大変ですよ。

あと、1回でオーケーが出ればいいんですけど、「もう1回」ってなったら、スタート地点に戻んなきゃいけない（笑）。その繰り返しがありましたから、8倍じゃ利かないかもしれませんね。もっと言うと、お日様が出ている間にしか撮影できないから、時間が押してくると、みんなカリカリしてくるので、ゆっくり戻れないんです。つまり、走らなきゃなんない（笑）。

ヤマザキ　勘九郎さんが走るシーンは、こっちも一緒に呼吸が激しくなる気持ちになって観てましたけど、そんな苦労があったとは……大変でしたね。ある意味、本物のアスリートにちょっと近寄ったという感覚があったのではないですか。

中村　僕も含めて『いだてん』のスポーツのシーンは、みんなガチだったんですよ。水泳陣も本気で泳いでましたし、「東洋の魔女」と呼ばれたバレーボールの選手を演じた安藤サクラさんたちも、みんな全身あざだらけになって回転レシーブの練習をしていました。

ヤマザキ　運動って演技でできるものじゃないから、本気で挑まないと観ている人にその熱量や感覚が伝わらないですよね。運動というひとつのドラマをまたさらに物語のドラマにしなきゃいけないわけだから、随分大変なドラマに出てるなあって思いながら観ていました。

はだしで走れる強さ

中村　実は、今もプライベートで走ってるんです。たとえば、季節によって色が違うとか、においが違うとかよく言うじゃないですか。「何言ってんだよ」と思っていたんですけど、練習で皇居を走ったりすると、本当に風の感じとかで季節の移り変わりがわかるんですね。それが、すごく楽しくなってしまって。

ヤマザキ　見ずにおれない、感じずにおれないみたいな感じで、運動していると気持ちいい、ということなんですね。

中村　そうなんですよ。健康のためということではなくて、走っていて普通に楽しいんです。今、市民ランナーが多いのも、ランニングシューズがあればそういう楽しさが体験できる手軽さもあると思うんですよね。

でも、金栗さんの場合は楽しいかどうかなんて関係なかったわけですよ。学校に行くために毎日片道6キロ、往復12キロを駆け足登校していた人ですから、それは速くなりますよね。

ヤマザキ　生きるために走っていたということではアベベもそうだったし、近代オリンピックの最初の大会でも、マラソンで優勝したのはギリシャで水売りをしていた一般の人でしたからね。仕事でいつも水をたくさん抱えて動いていたことで足が鍛えられて、誰よりも速くなったということだったらしいですが、アベベにしても金栗さんにしても、やっぱりそういう人たちが強いし、人に感動を与えられるようなものを見せることができるのだと思います。今の選手たちがスピードアップしているのは、要するに、昔と比べてシューズが進化したおかげもあるんだろうか。

中村　そう思います。金栗さんがマラソンを始めたのは明治時代でしたが、最初は、わらじやはだしで走っていたんです。撮影では僕もわらじやはだしで走りましたけど、もう走れたもんじゃないですからね。金栗さんは足袋《たび》屋さんに専用の足袋を作ってもらい、それを履いて走るということになったものの、足袋も大変なんです。ストックホルムでマラソンコースだった石畳を走ったときなんか、もう痛くて痛くて……。

ヤマザキ　アベベは1960年のローマ大会で石畳の道をはだしで走って優勝しましたけど、普通は無理ですよね。石畳の上では馬だって馬蹄をつけるんですから、足袋で走るもんじゃないですよ。

中村　金栗さんはわらじや足袋で走っていたので、かかとから踏み込むと骨に与える衝撃が強すぎちゃうんです。それで、すり足みたいにつま先から入るランニングフォームだったんですが、シューズが進化していけば、そりゃあ速くなるだろうなと思いますね。実は、はだしのランナーというイメージが強いアベベも、1964年の東京オリンピックではプーマを履いてるんですよ（笑）。

ヤマザキ　なるほどねえ。要するに、シューズを履いた方が走りやすかったということですよね。あのとき、アシックスの創業者だった鬼塚喜八郎さんが、「東京ではこの靴を履いて走ってほしい」とオニツカタイガーの靴を渡して、アベベも気に入っていたそうです。でも、本番ではスポンサー契約していたプーマで走ったんですから、当時から選手がしっかり宣伝に一役買っていたってことですよね。

シューズが開発されていったのは、スピードを上げ、記録を出すためですけれども、そういう縛りがなかったら、別にシューズなんか進化しなくても、駆けっこみたいにはだしで走ったっていいんですよね。古代のオリンピックでも、みんなはだしで土のグラウンドを走っていたんですから、もうオリンピックのマラソンは原点に戻って、競技場が昔のまま残っているオリンピアでやればいいと思います。

中村　古代オリンピックの会場を全員はだしで走る（笑）。おもしろいですね。

ヤマザキ　「痛い、痛い」とか言いながらね。でも、はだしで走れば足の裏を刺激するから健康にもすごく良さそうですよ。そうだ、そのレースに勘九郎さんが出たら、いい記録出すんじゃないですか。これだけはだしで走る経験をした人なんて、そんじょそこらにはいないわけですから。

中村　そんな、絶対だめですよ（笑）。

「歌舞伎はプロレスでやれ！」

ヤマザキ　マラソンのシューズが進化していったのは結局、勝ち負けというものがあるからですよね。勝った負けたがどうして必要なのかということが、ずっと疑問でした。メダルに金、銀、銅があり、1位、2位、3位という順位をつける、しかもその差がわずか0・0何秒しかなかったりするじゃないですか。この対談でも、いろいろな方と議論してきたんですけど、すっきりした回答に巡り合えない。占いみたいなもの、という仮説も立てたけど、それだけじゃないでしょうね。人生そのものへの問いのような気もするし。この世に生まれてきたのは、果たして良いことなのかどうなのか。

中村　順位をつける意味はわからないですけれども、やっぱりより高く、より速くという思考は他の人より抜きん出ようとすることであって、それこそすごく原始的だなと思うんです。たとえば、短距離のレースを観ると、もうあの速さには単純に感動してしまいますね。

ヤマザキ　人ってすごいな、こんなに力が出るんだ、という能力への驚きもありますね。だから、古代ギリシャでは神事として、神殿の前で運動をやっていたわけで、要するに運動という形は、授かった肉体で可能性を見せることがどこまでできるのか、その驚きを表現するものだったんです。でも、テレビがそういう運動のあり方をガラッと変えてしまいました。

中村　１９６４年の東京オリンピックで衛星中継を使ったテレビ放送が始まったことが転機になったんですね。今のテレビは、運動をすごくエンタメ寄りで演出していますが、アスリートたちはもっと純粋に競技がしたいだけなんじゃないかと思います。

ヤマザキ　テレビによって運動の本来の性質が変わり、エンターテイメント性が発生してしまうことで、ただ勝ち負けを競うのではなく、何かエンタメを意識したことをしなければならなくなる。だとしたら、それはもうプロレスのような見せ物になっていくということですよね。プロレスの本質は、勝った負けたということよりも、観客をいかに感動させ、メンタルを潤わせるかということにあります。どこか演劇に近いものがありますよね。

中村　リングに向かうときに花道から出てくるところなんて、もう芝居ですよね。

実は僕、プロレス観るの好きなんですよ。新日本プロレスは武藤敬司、橋本真也、蝶野正洋の闘魂三銃士の時代で、全日本プロレスは三沢光晴と小橋建太の三冠戦、あとWWE[3]にも熱中してました。小橋選手が、外で列を作って待っていたファンにサインをしている姿を見て、「僕もこうなりたいな」って思ったのはよく覚えてます。僕のプロレス好きを知っていた父（十八代目中村勘三郎）[4]には、「歌舞伎はプロレスでやれよ」ってよく言われていたんです。

ヤマザキ　勘三郎さんが、そんなことを言っていたの？

中村　そうなんです。歌舞伎は型がある演劇で、そこに心を、魂を入れることによってその役がなぜそういう形になっていったかを追求していくものなんですが、型と気持ちのどちらかが先行してしまうと、父がストップをかける。そのときに「おまえ、歌舞伎はプロレスでやんなきゃだめだよ」って、本当に口酸っぱく言われました。だから、父が亡くなってからも、「あ、プロレスでやんなきゃな」って自分で思うときがありますね。

ヤマザキ　私はまったくプロレスに興味がない人間だったんですよ。それが急

③World Wrestling Entertainment。アメリカ最大のプロレス団体。オーナーであるビンス・マクマホン自らがリングに上がるなど、ドラマ仕立てのショープロレスで名高い。

④歌舞伎俳優。1959年五代目中村勘九郎として初舞台。以後、歌舞伎のみならず、現代劇、ミュージカル、テレビドラマでも活躍。コクーン歌舞伎、平成中村座など斬新な公演を挙行、野田秀樹、串田和美ほか現代劇の作・演出家を起用するなど、歌舞伎界に新風を吹き込んだ。2005年十八代目中村勘三郎を襲名。2012年死去。

にプロレスのことを描きたくなったのは、もしかしたら勘三郎さんの天の声だったのかもしれない（笑）。まさか勘九郎さんがプロレスを観るのが好きだなんて、全然知りませんでした。そもそもお父様とはそういう話をしたことがなかったな。

中村　「時代物⑤は簡単にできるものをさも難しいことをやっているように、世話物⑤はすごく難しいことを簡単そうにやるように」ということを玉三郎⑥のおじさまが言っていたんですけど、そういうところもプロレスに通じるんじゃないかと思います。たとえば、水が入っているペットボトルを持つことは簡単にできるわけですけど、時代物ではこれをおこつき⑦ながら、腕を縮めて、縮めて、縮めて取る。反対に、世話物では、すごく小さな針の穴に糸を通すような難しいことを、さもなんでもないことのようにすっとやるんです。

ヤマザキ　それはものすごく訓練が要ることですよね。プロレスの技だってサクッとやっているように見えますけど、確かに、そんなに簡単にできるわけはない（笑）。私、漫画でタランチュラ⑧とか簡単に描いてしまいましたけど、描いていていてなんだか申し訳ない気持ちになりました。

中村　ほんと、そうですよね。プロレスは受け手も技を全部受けるわけで、あれも大変だと思います。でも、かっこいいんですよね。

⑤時代物は江戸時代より前という設定で主に武家社会が題材、世話物は江戸時代の庶民の生活が題材の、ともに歌舞伎の演目。

⑥五代目坂東玉三郎。抜群の美貌と至芸により圧倒的な人気を誇る歌舞伎女形俳優。重要無形文化財保持者（人間国宝）。

⑦歌舞伎や舞踊で用いられる演技上の技法。つまずくように片膝の力を抜き、他方の足で支えるしぐさで、登場人物の感情などを表現する。

⑧相手を蜘蛛の巣に見立てたロープ越しに磔にして締め上げるプロレス技。

ヤマザキ　ああいうところも歌舞伎みたいですよね。「簡単にできることを難しそうにやる、難しいことを簡単そうに見せる」という演出は、たぶん古代ギリシャ人もわかっていたと思います。まさに哲学ですね。

もうひとつ、歌舞伎とプロレスが似ていると思うのは、終わった後の「うわー、すごいもの観た！」という、あの晴れ晴れとした爽快感と充足感ですよ。プロレスを観た後って、「あ、何か憑き物が落ちた」みたいな、身体的にもすごくすっきりした気持ちになるんですけど、そういうところが歌舞伎にもあるじゃないですか。感動だけじゃなくて、何かそれまで自分を縛っていたものから解かれた感覚というのか、明らかに観る前よりは体が軽くなっている。その爽快感が、明日からまた1日がんばろう、という気持ちを生むんですよね。

中村　父が言っていた「歌舞伎はプロレスだよ」は、そういうことなのかもしれませんね。そんなふうに生きる力を与えたいものですよね。

ヤマザキ　歌舞伎とは違うものですけど、運動もやっぱり観ている人々に同様の感動を与えるものだと思うんです。一生懸命マラソンを走っている選手の姿から、自分たちが生きるエネルギーをチャージしていく人たちがいる。そしてそれは、生で観るからこそ得られる感動とも言えますよね。

中村　そうですね。プロレスをテレビで観るのも楽しいですけど、やっぱり会場で観るのとは全然違います。それは、CDで音楽を聴くのと、ライブに行くのとの違いだと思います。

ヤマザキ　本当に。どんなにテクノロジーが進化して、最高品質の映像を観ることがかなう世の中でも、その場で実際に空気を感じながら観ている臨場感に勝るものはないですよね。

歌舞伎役者である勘九郎さんが『いだてん』のドラマに出られて、しかもプロレスのスピリットを持っていたなんて、もし勘九郎さんと話さなかったら、歌舞伎とプロレスと運動にこんな共通点があるなんて、わからなかったですね。

中村　いや、それは父ちゃんですよ（笑）。

ヤマザキ　勘三郎さんが生きていたら、「オリンピックみたいなお祭りごとに盛り上がらないなんて、もったいないよ」って、きっといろいろなことをやってらしたでしょうね。

中村　とにかく、じっとしていない人でしたからね。絶対、あれこれやっていたと思いますよ。

ギリシャ神話を歌舞伎に！

ヤマザキ　勘三郎さんが立ち上げた平成中村座⑨も、江戸時代の芝居小屋の雰囲気が味わえる素晴らしい公演でしたよね。私が拝見した『法界坊』⑩みたいな歌舞伎を、もし古代のギリシャ人に見せたら、すごく受けるだろうなと思う。

中村　主人公の法界坊は色と金に目がない破戒坊主で、僧侶のくせに誘拐も殺人もする、相当めちゃくちゃな人物ですし、けっこう残酷な場面もありますけど……。

ヤマザキ　あの荒唐無稽で支離滅裂なシュールさと歌舞伎の華やかさが渾然一体となっている感じは、古代ローマや古代ギリシャのエンタメにも相通じるものなんですね。勘三郎さんに「タイムスリップが可能なら、あの当時の人にも見てもらいたいです」と伝えたことがあるんですが、ニヤリと微笑んで、「いいねえ、古代ギリシャ人の反応が見てみたいもんだな。できるんだったらやってみたいよ」とおっしゃってました。

勘三郎さんご夫妻とはかつて、私がまだ漫画家としてそれほど描いていなかった頃、当時住んでいたポルトガルで初めてお会いしました。そのときちょうど、『テルマエ・ロマエ』の1話分が読み切りという扱いで雑誌に掲載されたところだったので、それを切り取ってホチキスで留めたものを名刺代わりにお渡ししたんです。そうしたら、勘三郎さんが「あんたおかしな漫画描くねえ。

⑨十八代目中村勘三郎が中心となって、江戸時代の芝居小屋を模した劇場空間を演出した歌舞伎公演。勘三郎没後は勘九郎が座主を引き継いでいる。

⑩歌舞伎演目『隅田川続俤（すみだがわごにちのおもかげ）』の通称。破戒僧の法界坊が若い娘に恋慕して追い回しては失敗を重ねる喜劇。

ところで、この主人公、阿部（寛）ちゃんぽくない？」とげらげら笑われて……まだ映画化の話なんてまったくないときに。

中村　そのとき、両親は観光でポルトガルに行っていたんですよね。

ヤマザキ　何カ国か廻られている途中だったと記憶しています。「波野です」ってご本名を名乗られていましたが、本当に普通の旅人と現地在住の日本人というスタンスでの出会いでした。おふたりが日本に帰国された後は、『テルマエ・ロマエ』の進展状況を特にはお伝えしないまま時が過ぎてしまいました。

中村　だから、大騒ぎになったんですよね（笑）。平成中村座のキャストだった笹野高史さんが『テルマエ・ロマエ』の映画に出演されていて、笹野さんの楽屋に貼ってあったポスターを見た父が「これは盗作だ！　俺、この原作描いた人知ってるんだから」って早とちりしたそうなんですけど、よく見たらクレジットにちゃんと「ヤマザキマリ」って書いてある。もうびっくりですよね。

ヤマザキ　そのとき、私は映画のプロモーションのために日本にいたんですが、好江さん（勘三郎夫人）から「マリさん、あれからいったい何があったの、全部話しなさい！」と速攻で連絡が来ました（笑）。それで平成中村座を観に行くことになって、終演後、勘三郎さんと朝の5時まで「ギリシャ歌舞伎」の話で盛り上がったんです。「『テルマエ・ロマエ』観て思ったんだけど、俺さ、こういうので歌舞伎ができないかと思うんだよね」とおっしゃって、翌日には、もうスケジュールから主演を誰がやるか、脚本を誰に書かせるかまで、もう全部決めてしまわれてました（笑）。「ヤマザキさん、舞台の美術はあんたがやることになってるから、よろしくね」と言われたんですけど、「おととい会ったばかりなのに!?」って話ですよね。結局、そのままになってしまったんですが、あの企画、どこかで実現できたらいいなと思ってます。

中村　ちなみに、父はどんなプランを持っていたんですか？

ヤマザキ　具体的なことはともかく、「ヘラクレスをやりたい」ということでしたね。ヘラクレスはいくつもの苦行を乗り越えて神になった人ですから、その物語をシンプルに舞台にしたらもうそれだけでいいものになるだろうと、考えてらしたみたいです。

　歌舞伎でまだギリシャ悲劇はやっていないと思うんですけど、今、『ワンピース』とか『風の谷のナウシカ』とかいろいろな新作歌舞伎が出てきてますよね。「ナウシカ歌舞伎」が可能なら、結構どんな話でも歌舞伎になり得るのかなと思ったんですが、どうでしょうか。

中村　本当に歌舞伎は今、すごく自由になってきていて、それは猿翁⑪のおじちゃまと、身内ですけれどもうちの父たちが切り拓いたことなんじゃないかと

⑪二代目市川猿翁（元・三代目市川猿之助）。宙乗りや早替りなどの「けれん」を駆使する歌舞伎を復活させ、古典技法と最新の舞台装置や照明などを融合させた「スーパー歌舞伎」を創始した。

思うんですね。ただ、これだけ新作がたくさんある中で、幅が広がってしまったからこそ、なんでもやればいいというものでもなくなってきているところはあります。

ヤマザキ ハードルが高くなっているんですね。

中村 そうですね。でも「ギリシャ歌舞伎」はぜひ実現させたいなと思います。たとえば、古代ギリシャ人がワープして江戸に来るという仕立てでもできそうな気がしますし、その逆パターンも可能かもしれません。江戸時代の劇作家がヘラクレスがいる時代に転生して、自分が見てきたヘラクレスの人生を、江戸に帰ってきて芝居にする。それが今やっている芝居ですよ、という作りもおもしろいと思います。実際に、ギリシャ人の俳優さんにも出てもらって。

ヤマザキ ああ、それはいいですね。ヘラクレスみたいなマッチョなギリシャの人と江戸の人が一緒にいる舞台、観てみたいです。

あるいは、せっかく勘九郎さんがやるのであれば、ギリシャ神話に運動と歌舞伎を混ぜてもできそうな気がします。ヘラクレスをテーマに、今日ふたりで話したようなことを舞台にできたらすごいですね。できるような気がしてきました。勘三郎さんともあんなに盛り上がっていたことだし。

中村 すごいな、全部つながっていきますね。

アフターオリンピックの日本が向かう先は

ヤマザキマリ対談集　第8回

ヤマザキマリ×平田オリザ

平田オリザ（ひらた　おりざ）

劇作家、演出家。劇団「青年団」主宰。1962年東京都生まれ。1982年に青年団を結成。1995年『東京ノート』で第39回岸田國士戯曲賞を受賞したのを始め、1998年『月の岬』で第5回読売演劇大賞優秀演出家賞、最優秀作品賞、2002年『上野動物園再々々襲撃』で第9回読売演劇大賞優秀作品賞、2002年『芸術立国論』でAICT演劇評論賞、2003年『その河をこえて、五月』で第2回朝日舞台芸術賞グランプリなど演劇賞の受賞多数。2011年フランス芸術文化勲章シュヴァリエ受勲。豊岡市芸術文化政策担当参与、宝塚市政策アドバイザー、城崎国際アートセンター芸術監督など、地域文化に関わる活動も多い。

対談日：2020年2月25日

「クールジャパン」が残念な理由

ヤマザキ 新型コロナウイルスの影響で、2020年東京オリンピックは延期[①]されそうですが、そもそも平田さんはオリンピックに対してどのようなお考えをお持ちか、伺ってよろしいでしょうか。

平田 芸術家としては距離を置きたいというところはありつつも、オリンピックを楽しみにしていらっしゃる方たちもいるわけですし、拳を上げて反対するほどのことではないと思っています。小津安二郎[②]さんの言葉に「どうでもいいことは流行に従う。大事なことは道徳に従う。芸術のことは自分に従う」という有名な言葉があって、オリンピックは私にとってはどうでもいいことなので「流行に従う」ですね。

ヤマザキ さすが小津安二郎、染みる言葉ですね。お祭りとして考えるのであれば、そうですね。

平田 ただ、もったいないと思うのは、オリンピックの文化プログラムです。これは今の安倍政権における文化政策の特徴でもありますが、妙に自分たちの文化に自信を持っていて、海外の人に日本の文化を伝えるということに偏りす

①2020年3月24日、安倍晋三首相（当時）がトーマス・バッハIOC会長とオリンピックの開催延期について電話会談。安倍が1年の延期（2021年開催）を提案。直後に実施されたIOC理事会で延期が決定した。

②映画監督。「小津調」と呼ばれる独自の映像世界を構築し、日本の家庭生活を描き続けて、『東京物語』ほか数々の名作を生み出した。世界で最も評価の高い映画監督のひとり。

ぎているから、まったくグローバルになっていないんです。もっと協働というコンセプトを打ち出して、たとえばアジアのアーティストに日本で作品をつくってもらうといった取り組みができればよかったんですけどね。

ヤマザキ　運営のプロセスに、世界が日本を嫌いなわけがない、何をしようと受け入れてもらえるという、根拠のない自負のようなものが感じられました。

平田　確かに、ジャパネスク好きの人は世界中にいます。でも、それはインテリ層の数%という話であって、けっしてメジャーではありません。つまり、海外ではほとんどの人は日本文化に興味がないわけですから、どうすれば彼らに受け入れてもらえるかという視点が必要なはずなんです。今度のオリンピックにはそこのところが欠けていると思いますね。

ヤマザキ　それは、みんなオリンピックが好きなはずだ、と疑いもしない日本の雰囲気にも通じますね。国民が全員ワンチームでなければいけないという同調圧力がそれだけ激しいのかもしれませんが。

平田　そもそも、日本という国におけるいろいろなシステムが、ほぼ単一の民族であり文化だということを前提にしていますからね。でも、現実はけっしてそうではないはずだし、本来、オリンピックの魅力は、他者性を一挙に理解できるというところにあるんです。たとえば、関川夏央さんという作家が

「1964年東京オリンピックのときにアベベが42・195キロを走ることによって、日本人は初めて黒人を2時間以上見続けた。これは大きな体験だった」ということを書いているんですが、つまりはそういうことじゃないですか。

ヤマザキ　あのときはテレビ中継のカメラがひとつしかありませんでしたから、視聴者はアベベを観るしかない、という特異な状況におかれたんですよね。

平田　1964年オリンピックにも功罪はありますが、敗戦国だった日本が世界の舞台に復帰するという大きな役割を果たしたのは確かでしょう。2020年オリンピックも、この日本という非常に内向きな国がもっと多様化していくきっかけになり得たのに、とは思います。

ヤマザキ　エンターテイメントの世界でも、日本はとても内向きですね。たとえば私がデビューした頃は「外国人を描くな」とよく言われました。なぜかというと、「登場人物が外国人だと、読者が同調できなくて感情移入できない」という説明をされた。「ヤマザキさんは外国に住んでいるから外国を舞台にするのはしかたないけど、それなら外国でがんばる日本人を描いてほしい」とリクエストされたりすると、自由にできる仕事のはずでありながら、やはり規制があるのか……という違和感を感じてました。

平田　日本のアートをめぐる状況も似たようなもので、たとえば瀬戸内国際芸術祭③で「香川県が予算を出しているんだから、もっと香川県出身のアーティストを使えないのか」という質問が県議会議員から出されたことがありました。香川県民を使えというのは、つまり現実には日本人でないといけないということになるわけですが、ヨーロッパの国の議会でそんな質問をしたら、その議員はレイシスト扱いされるでしょうね。

ヤマザキ　間違いなく、そういう扱いをされますよ。

平田　僕はドイツの予算でつくるドイツ語のオペラをハンブルクで上演したことがありますが、メインのソリスト3人は日本人とデンマーク人とアメリカ人というキャスティングでした。そのとき「なぜドイツ人が入っていないんだ」とは言われないわけです。それは、たとえ同じ言葉をしゃべっていても、いろいろな国籍や人種の人たちが混ざっているのは当たり前だと認識されているからですよね。

一方、日本の演劇の舞台上にいるのは99%日本人です。実際には在日の人たちやその他の国から来た大勢の外国人が生活し、街なかを行き来しているのに、そういう現実がまったく反映されていません。だから、『東京ノート』という、近未来の美術館を舞台にした僕の芝居では、2010年に日中韓の3カ国語で上演し、今は「インターナショナルバージョン」として7カ国語で演じていま

③2010年から、3年に一度、瀬戸内海の島々を舞台に開催される現代美術の国際芸術祭。

す。美術館のような場所には本当に様々な国の人が訪れているわけですし、ご覧になったお客様からも「こっちの方が普通ですよね」という感想をいただきました。

ヤマザキ　日本ではまだ、自由であるべき表現も国という範囲に縛られている、ということなんでしょうかね。

ジャパニーズオンリーでは勝てない

ヤマザキ　そういえば、私がリスボンで暮らし始めたときに一番驚いたのは、外国人が様々なポルトガルの現場で働いている場面をテレビコマーシャルで映して、「我々の国家はこの人たちで成り立っています」と啓発していたことです。イギリスでも同じようなコマーシャルを観たことがありますけど、日本だって外国人の労働者の方々にこれだけ世話になっているのに、ああいう公共広告みたいなことが、いつできるのだろうか、と途方もない気持ちになります。

平田　僕は２０１９年から兵庫県の豊岡市というところに住んでいるんですが、人手不足が深刻だということもあって、地元の城崎温泉の旅館では本当にいろいろな国から来た人たちが働いています。東京の居酒屋にいると中国人や韓国人に対する悪口が聞こえてきたりしますが、豊岡にはそういう人種的な偏見がほとんどありません。旅館の経営者に聞くと、「よく働いてくれて、日本人より全然優秀だ」と口を揃えて言いますし、彼らに働いてもらわなかったらまちの未来はないということをみんなわかっているんです。

以前、浦和レッズのサポーターがJリーグの試合で「JAPANESE ONLY」という垂れ幕を掲げ、制裁を受けたことがありましたよね。でも、国籍にこだわることはナンセンスだって、そろそろみんな気づき始めているんじゃないですか。ラグビーのワールドカップもジャパニーズオンリーではあそこまで勝ち進めなかったし、陸上のサニブラウン選手や大リーグのダルビッシュ選手のような「ジャパニーズオンリー」ではない人たちが、今、スポーツで大活躍しています。世界を見ても、ヨーロッパのクラブチームに所属するサッカー選手の国籍なんてバラバラでしょう？　つまり、勝つためには一番優秀な選手がいればいいということなんです。

ヤマザキ　ミス・ユニバースでも、外国の血をひく人が日本代表に選ばれたことで物議をかもしたことがありましたが、あれも何なんでしょうね。うちの国にはこんな美しい人が育つんです、っていう短絡的で低次元な国威の顕れにも思えます。美しいんだったら、どこの誰だろうとそんなこと別にいいじゃないかと思いますけどね。

平田　これからどんどん「ジャパニーズオンリー」でなくなっていくのは間違いないですが、その移行期間のタイムスパンに日本という国が耐え得るかどうか、これは大変な問題だと思います。何かあると異常なほど排他的になってしまうのが、私たちの民族ですから。

ヤマザキ　いろいろな国の人がいるということが当たり前になっている他の国と違って、いちいちパニックを起こしてしまう。「鎖国します」とか、言い出しかねないですね。

平田　300～400年前にヨーロッパで始まった近代国家という枠組み自体がもう限界に来ているわけですから、この先100年ぐらいかけて、国家は緩やかに解体されていくことになるでしょう。インターネットの世界では既にその流れは始まっていますし、関税自主権や通貨発行権といった独立国家の根幹となる部分をEUが統一しているのも、たぶんそうした方が得だからなんです。東アジアでEUのような共同体をつくるのは難しいでしょうが、たとえば医療や文化については共同でやるということにしていかないと、もうもたなくなっていくと思いますね。

ヤマザキ　今回のパンデミックでも、国を超えて一体化しなければどうにもならないということが、はっきりしましたものね。

平田　スポーツも同じ話で、オリンピックも、今のように国家単位でメダルを争うやり方は、もう無理だと思いますね。本来のオリンピックは都市のものだったんですから、そろそろ都市に戻せばいいんじゃないでしょうか。

世界とつながれば東京は必要ない

ヤマザキ　平田さんは豊岡で地域振興にも深く関わっていらっしゃいますけど、グローバリズムはむしろ東京より地方の方で根付いているとお感じになられることはありますか？　今、いろいろな地方都市で、世界中からアーティストが集まる芸術祭やワークショップをやっていますよね。そういうところへ行くと、都市よりもグローバリズムが温度感のあるものとして感じられることがあるんです。東京はクールジャパンだなんだと言って浮かれてはいるものの、口先ばかりで全然実体が伴っていない、まるで砂上の楼閣みたいに思えてしまいます。

平田　逆に地方がグローバルにならないと、東京に全部持っていかれてしまうんです。だから、地方こそグローバルじゃないとだめなんですよ。

豊岡市の例で言うと、まず「小さな世界都市」という標語があって、それから「東京標準で考えない、世界標準で考える」ということを市長が言っているんですね。豊岡市では18歳人口の7割が大学進学のため市外に出ていくんですが、「憧れだけでは東京に行かせない」ということが教育の目標になっていて、18歳までに世界標準の様々なアートやスポーツに触れさせます。そうすると、本当にやりたいことがあるなら、東京を飛び越えてパリやニューヨークに行くという選択肢が子どもたちの中に自然と生まれていくんです。

ヤマザキ　それは、すごいですね。

そういえば、以前、北海道の洞爺湖のそばにある洞爺村（現・洞爺湖町）というところで、洞爺村国際彫刻ビエンナーレという企画に関わっていたことがあります。本当に小さい村なんですけど、「手のひらの宇宙」をテーマに世界中から小さな彫刻を公募し、様々な国のアーティストから送られてきた作品を村の方で全部引き取って、美術館で展示するという催しです。私は何カ国語かができるので、入選者への連絡係をやっていたんですが、コンタクトを取ったアーティストはみんな大喜びしていました。彼らにとって日本と言えば東京を飛び越えてまず洞爺村とインプットされている傾向があったし、村で彫刻を教えられた子どもたちも「僕もいずれ外国に行って、ここで展示されているような作品を作りたい」という感性が育まれていた。そういう光景を見て、東京は文化の先端とは言い切れないなと痛感しました。

平田　「最後は国が助けてくれる」と思っている地方もまだまだたくさんありますが、国はもう助けてなんかくれませんよ。だから、生き残るためには、それぞれの地域や自治体で自分たちの誇りや文化とは何か、そして、それをただ「おらがまちの誇りだ」と押し付けるのではなく、そこにどんな付加価値を加えればよそからも人が来てくれるか、そういうことを真剣に考えなければいけないんです。何もないところでいきなり何かやろうとしても無理ですから。

ヤマザキ　基本的に、インプットの要素を持った何かがある場所、ということですね。その上で開発力や開拓意識があるかどうかが求められる。

なぜイタリアは一極集中にならないのかというと、それぞれの地方がはっきりした特徴を持っていることが大きいと思います。たとえば、どこかの地方都市を思い浮かべるとき「ああ、あそこにはあんな遺跡がある」「あんな店がある」「あの地域ではあれが美味しい」「ワインはあれが有名」といった具合に頭に思い浮かんでくる。何世紀もかけて確立されたものが毅然として存在するわけです。だから、小さな地方都市に住んでいるイタリア人ほど、「出稼ぎでもない限り、ミラノやローマみたいな大都市なんて絶対行かない」と言いますね。

時間をかけて熟した誇りがあるから、イタリアのあちこちで展覧会をやったり演劇祭をやったりしても、それなりに成功できるのだと思います。たとえば、中部にあるウンブリアというところでは超大物ミュージシャンが出演するジャズフェスティバルをやっているんですけど、アーティストの方も「ウンブリア、良かったよ」と同業者に口コミで伝えていくので、あんな小さな村なのに大都会から大勢のジャズファンがやってくる、世界レベルで重要なジャズフェスティバルになっているんです。イタリア人も多少遠くに住んでいようと「あの有名なジャズフェスは一度観たいから、ウンブリア州の観光ついでに行ってみよう」と企画の段階で盛り上がるわけです。想像の段階でお得感がある。

平田 地域振興で成功しているところは必ずと言っていいほど、伝統に根差したものを外部の視点で刷新させた上で展開しています。僕のようなよそから来た人間の仕事は、その地域の人たちが漠然と「これ、いいな」と思っていたものに言葉や形や色を与えることなんです。

たとえば、城崎というと志賀直哉が有名ですが、城崎では江戸時代からいろいろな文化人に対して、数カ月逗留しても書を一幅書けば滞在費はタダにするというようなことをやってきたんですね。でも、今どき旅館ごとにアーティストを呼ぶのは無理ですし、変な人が来てしまっても困ります。だから、目利きのプロデューサーが来る人を選んで、その中から21世紀の『城の崎にて』④が生

④志賀直哉の短編私小説。1917年同人誌「白樺」で発表。交通事故に遭った志賀が療養のため城崎温泉に数週間逗留したときに書かれた。

まれれば、また城崎は100年食べていける。そういう話が盛り上がって、城崎国際アートセンターという、世界でも珍しい、舞台芸術に特化したアーティスト・イン・レジデンスの施設が生まれました。

ヤマザキ　私も、漫画家が長逗留できるところがあれば行ってみたいですね。ちなみに、豊岡市は平田さんの提案で今のようなことになっているんですか。

平田　いやいや、中貝宗治《なかがいむねはる》市長が非常にアイディアマンで、彼はたぶん日本で一番プレゼンがうまい首長でしょうね。豊岡の「コウノトリ育むお米」って今、すごく高い値段がつくブランド米になっているんですけど、2015年にミラノで行われた食の万博で、日本館のお米は全部「コウノトリ育むお米」だったんです。

ヤマザキ　私、取材だったんですが、まさに日本館で食べました。すごく有名ですよね。

平田　豊岡はまずコウノトリの再生で知名度を上げたんですが、野生のコウノトリの生態系を維持するために、無農薬・減農薬の米づくりに非常に熱心に取り組んでいます。それが「コウノトリ育むお米」で、コウノトリだから引き出物や出産祝いにぴったりなんです。中貝市長が海外にもトップセールスで行って、香港やサンフランシスコでは今1キロ2000円近くで販売されているそうです。

ヤマザキ　素晴らしい。めちゃくちゃビジネスで成功していますね。

平田　市役所の職員たちも、コウノトリの成功で、自分たちが何かでオンリーワンになれば世界とつながれるという感覚を持っています。それはとても大きな強みですね。

経済より文化が人を惹きつける

平田　文化政策は中央官庁がなきに等しいので、首長の判断ですごく変わる分野です。僕が豊岡に呼ばれたのは、地域活性化の次のステップとして今度は文化が必要になるので、アートによるまちづくりに協力してほしいということだったんです。日本では「文化じゃ食っていけない」とずっと言われてきましたが、食っていけるというだけでは人は戻って来ないんですね。

たとえば観光だけ盛り上げても、潤うのは観光業者だけ、ということはよくあります。100人観光客が増えても100人Uターン者を減らしてしまったら、その地域の持続可能な発展にはつながらない。さっき、豊岡の若者は大学進学で外に出ていくという話をしましたけど、要するに東京や大阪より魅力的でなければ、彼らは地元に帰って来ない。特に女性を惹きつける魅力があるかどうかがとても大事で、たとえば子育て中の女性が「この街に住みたい」と思う基準のひとつが図書館です。図書館はその地域の文化政策の顔なので、絵本がたくさんあって居心地が良い図書館があるなら、文化政策もそれなりに気を使っているということがわかるんですね。

ヤマザキ　お話を伺っていて、私がシングルマザーで子どもを産んだときのことを思い出しました。このままイタリアで子育てをするかどうか考えたとき、帰国の決め手になったのは、母がいる北海道の街にはいい図書館があるということだったんです。その図書館はリニューアルしたばかりできれいだし、しかも森林公園の中にあるから虫も捕れる。あそこに子どもを連れていけば、私は本が読めて子どもも楽しいなと思ったのと、あとはちょうどいい公衆浴場が近くにできたことが日本に帰る決心を固めた二大要素でした。

平田　豊岡も「女性に選ばれる街になる」ということを公言していて、今年の4月からシングルマザーは芸術鑑賞などは全部無料になりました。そんなのはたいした予算じゃないし、それより「うちは積極的にシングルマザーを支援していますよ」という態度を示すことが大事なんです。

ヤマザキ　そういう施策が整っている場所には自然と意識が高い人たちも集

まっていくし、互いに触発し合うことで、相乗効果を伴ってまたさらにいろいろなものが生まれていきますよね。豊岡には漫画家の友人であるひうらさとるさんも移住していますけど、漫画家のようにインプットを必要とする職業の人がけっこう東京から地方に移住しているのは、そういう要素があるからなんでしょうね。

平田　東京一極集中を止めることはもう難しいかもしれませんが、そういう人たちが移住しても受け入れるような自治体が増えていけば、少しは一矢報いることができると思っています。よく地方活性に必要なのは「よそ者、若者、バカ者」だと言いますけど、「よそ者」と「バカ者」のふたつがあれば「若者」はついてくるんです。豊岡でいえば、平田オリザという「よそ者」に賭けたという意味で、中貝市長が「バカ者」ですね。

ヤマザキ　そのふたつのマッチングが大事で、失敗しているところは、そこがうまくいっていないんだと思います。

平田　僕は「発注力」と呼んでいるんですけど、どんな「よそ者」に頼むかというのも、やっぱりセンスが必要なんです。代理店やコンサルタントに丸投げというのは最悪なケースで、逆にすごく変な人を連れてきてもうまくいかない。

ヤマザキ　やっぱり劇作家が効果的なのかと（笑）。富良野だって倉本聰⑤さん

⑤脚本家。1977年、北海道富良野市に移住。1981年、同地を舞台にしたテレビドラマ『北の国から』の脚本を手掛け、大ヒット。富良野は一躍有名になった。また、若手俳優と脚本家を養成する「富良野塾」も主宰していた。

という「よそ者」がいたから、あの地方都市はあそこまで人気観光スポットになったというのもあるのではないでしょうか。ラベンダーのおかげだけじゃないですよ。

多様性を理解する訓練

ヤマザキ　今、仕事の参考にするために農村歌舞伎についていろいろ調べているんですけど、ユーチューブで観ていると、最初は演じることに気恥ずかしさがあって、「なんでこんなことをやらなきゃいけないの」という気持ちが顔に出てしまっているおばあさんが、急に自然にセリフをしゃべりだす瞬間があるんです。感動しました。

平田　人間には演じる快感というものが必ずありますから、それを一回経験すると、みんなすごく変わるんです。豊岡では38あるすべての小中学校で演劇教育を行っていますが、特に小学生までは演じることにまったく抵抗がないし、ごっこ遊びの延長ですごく楽しんでやりますね。

ヤマザキ　わかります。私も高校生の頃、頼まれもしないのに教室の教壇に上がって、「サウンド・オブ・ミュージック」や「雨に唄えば」などのミュージカル映画の真似をして皆を笑わせていましたが、喜んでくれているのがものすごく嬉しかったのを覚えています。

平田　今度つくる豊岡の児童劇団は子どもの居場所づくりという目的もあるんですが、「ライバルはウィーン少年合唱団」と言っています。せっかく僕がやるなら、みんなが海外からもわざわざ観に来るような観光資源に10年かけて育てたいと思っているんです。

ヤマザキ　素晴らしい。子どもから大人まで、豊岡という地域全体で表現に挑む、ということですね。

平田　豊岡で演劇というものが受け入れられているのは、観光が一番の主産業だということが大きいと思います。観光業ではコミュニケーション能力やセンスがないと生き延びていけませんから、演劇の必要性を理解する土壌が豊岡にあったということでしょうね。

演劇の本質は他者とコンテクストをすり合わせてイメージを共有することであって、要するに演劇にはコミュニケーションのノウハウがあふれているんです。たとえば、僕は子どもたちに演劇を教えるとき、「話し合うって、こういうことだよね」という例として、よくこんな話をします。

「メロンが好きな人をイチゴ好きにはできないし、イチゴが好きな人をメロン好きにはできないよね。でも、メロン好きな子とイチゴ好きな子がおやつをどっちにするかでけんかしていたら、イチゴもメロンも出ないから、お父さんお母さんが買い物に行くまでに話し合わないといけない。今日はメロンでいいから明日イチゴにしよう、とか、今日はメロンを我慢するから明日多めにメロンにしてとか、あるいは仲良くするからメロンとイチゴ両方出してとか、ちゃんと結論を出す、さらにそれを伝えるということまでしないとおやつは食べられないね」というようなことを言うんですが、それはつまり、相手の意見は変えられないけれども、相手の望んでいるものを受け入れて、自分の意見も通す訓練をするということなんです。

ヤマザキ　それはつまり、他者に対して寛容になるために演劇をするということですね。それこそ、古代ギリシャでも神話や叙情詩をベースにした演劇を見せることによって、自分とは違う他者への理解を深めることができていたと思うのですが、観客だけではなく役者自身も、自分とはかけ離れたような役を演じることで固定観念を緩めることができますよね。

平田　そうなんです。ヤマザキさんはご存じだと思いますが、ギリシャで民主制というものができて、ひとりひとりバラバラの意見をまとめなければいけないとなったとき、彼らはふたつの話し合いの方法を人類に残してくれました。

ひとつが言わずとしれた哲学の弁証法で、もうひとつが演劇です。演劇祭への参加は、アテネ市民の権利でもあり義務ともされていました。哲学が異なる概念をすり合わせる訓練であったのと同じように、演劇は異なる感性をすり合わせる訓練だったと思うんです。逆に言えば、演劇というものがなければ、ギリシャの社会はもたなかったんじゃないでしょうか。

ヤマザキ　はい。古代ギリシャでは演劇が民衆を統制するための機能だったと言えるでしょう。他者を理解するということは文明の大きな一歩ですし、島社会で成り立っていたギリシャだからこそ、多様性を統括する知恵として演劇が発展していったというのもあるかもしれないですね。

たとえば、演劇に代わるまちおこし的なイベントとして、運動競技会みたいなものをやっても演劇と同じような効果があると思いますか？

平田　いや、よっぽどうまくやらないとだめでしょうね。スポーツは勝ち負けがあるというところで敵対してしまうので、ちょっと難しいのではないかと思います。

熟成された人間関係の場をつくる

ヤマザキ　ところで、平田さんは何か運動ってされますか?

平田　僕は中学のとき水泳部だったので、一応泳げるんです。2021年[6]にワールドマスターズゲームズという概ね30歳以上のスポーツ愛好者なら誰でも参加できる国際大会を関西で開催するんですが、僕が主宰する「青年団」の豊岡での拠点となる劇場をつくるためのクラウドファンディングと連動させて、1000万円集まったら100メートル、2000万円集まったら200メートル、4000万円集まったら400メートル、8000万円集まったら800メートル泳ぐということになっています。

ちなみに、70歳を過ぎている井戸敏三兵庫県知事は、100メートル平泳ぎに出場するそうです。そんなふうにスポーツが好きな高齢者がたくさん出場する大会なので、ワールドマスターズゲームズはほんとおもしろいですよ。

ヤマザキ　おじいちゃんおばあちゃんがすごくがんばるスポーツ大会って、楽しそうですね。

でも、今のような状況で、ワールドマスターズも含めたスポーツの国際大会が本当にできるのか、と思ってしまいます。特にオリンピックについては、「さあ、オリンピックだ、盛り上がれ」と言われても、お金はないわ、疫病は流行るわで、盛り上がる様子の想像がつきません。

[6] 2022年5月開催に延期が決定した。

平田　それもありますし、若い人たちは本当にオリンピック後のことを心配していますね。

ヤマザキ　オリンピックも大きな祭典ですけど、どんなものであろうと、お祭りの後には必ず何とも言えないむなしさや空虚感が残るものです。でも、平田さんが豊岡でやっていらっしゃるようなことの中に、オリンピックが実施されたとして、その後のヒントになることもあると思うんです。

平田　でも、これはゲリラ戦ですからね。

何かヒントになるとしたら、ひとつは共同体のあり方かもしれません。社会学の基本的な共同体の概念としてゲゼルシャフト（利益共同体）とゲマインシャフト（地縁血縁型共同体）というものがありますが、日本では古くからの強固な地縁血縁型の共同体が戦後、企業社会というゲゼルシャフトに取って代わられていきました。しかし、企業社会の方もグローバル化が進行した1990年代以降、急速に弱体化していき、今の日本では無縁社会が広がりつつあります。ゴミ屋敷やひきこもりなども、要するに共同体から外れてしまっているということなんですが、そんなふうにまったく共同体と関わらないという人が日本では異常に多いんです。これは個人の問題であると同時に、社会全体にとっても非常に危険な要素になります。

現在の日本で「ふたつの不幸」が重なった人が一気に最貧困層に落ちてしまうのは、この無縁の問題が関係しています。勤め先が倒産したり、リストラにあったり、あるいは家族の病気や親の介護など、ひとつなら乗り切れる不幸がふたつ起こると、もう社会で包摂しきれなくなってしまうんです。

ヤマザキ　イタリアのような家族組織が優先の国でも、ここ最近孤独死というのが出てきています。とは言っても、大抵の場合は「あそこのおばあちゃん、最近見かけないけど、どうしているかな」って近所の人が気にかけるのが常ですからね。日本では世話を焼こうとするとプライバシーの侵害とか言われかねないから、人を慮ることもままならない。

平田　東京ではあり得ないですね。エレベーターで声掛け禁止のマンションも普通ですし、要するに近所付き合いを拒否しているんです。そういうことも、僕が豊岡に移住した理由のひとつです。

ヤマザキ　イタリアだったら、いよいよ困ったとなれば教会に駆け込めますけど、日本には人間にとって最後のセーフティネットと言える、すがるべき国単位の宗教もないですし。

平田　そうなんです。一方で、あまり血縁・地縁が濃密だと、逆に近すぎて、何かあったときに相談できなくなってしまうという問題もあります。若い人が地方移住に二の足を踏むのは、その面倒臭さが敬遠されるからなんですよね。

サードプレイスという言葉も言われていますけれど、今の日本では、そういうサークルみたいな出入り自由の場所がないと非常に生き辛くなってしまいます。人々を共同体につなぎとめておくものが、もうひとつないといけないんですね。僕は「文化による社会包摂」ということをずっと言っていて、文化的要素でつながる緩やかな「関心共同体」が従来型のふたつの共同体の間にあることが必要だと思っています。

たとえば、ヨーロッパの劇場には教会のような役割がありますよね。必ずカフェが併設されていて、上演後はそこに観客が集まって延々と議論をする。そういうコミュニケーションができる居場所としても、劇場が果たす役割はとても大きいんです。劇場という場所が従来型の共同体から外れてしまった人を受け入れ、社会とつながる場になれば、それがまたひとつのセーフティネットとして機能していくと思います。

ヤマザキ ああいう場所に人が集まれば、延々とおしゃべりをしていますからね。古代ローマの劇場にしても、観劇以外にも人々は廻廊で会話をするのが楽しみで訪れるというのもあったようです。教会だろうと劇場だろうと浴場だろうと、人が集まる場所はそうした交流も含めて大切なものなんですよね。

平田　アートフェスティバルの醍醐味もそこにあるんです。演劇祭で有名なフランスのアビニョンは人口9万人の街ですが、期間中には世界中から演劇好きの人たちが集まってきます。彼らは3泊4日ぐらいの間に10本、20本と演劇を観て、夜はフェスティバルカフェに集い、初めて会った人たちと今日観た演劇について侃々諤々《かんかんがくがく》と語り合う。そこでの出会いが他のフェスティバルにつながっていくなど、いわば見本市のようなところがあるんですが、今年の秋に開催予定の豊岡演劇祭2020⑦ではアジアで初めての演劇の見本市的なスタイルを目指して、今、様々な準備を進めているところです。

ヤマザキ　いいですね。漫画でもアングレームというフランスの小さい町で世界各国の漫画家たちが集まるフェスティバルをやっているんですけど、やっぱり毎晩、夕食の場では周囲に座っているいろんな人たちと「おまえの漫画見たよ」なんて話で盛り上がっていきます。ああいうことがないと、次の作品を生み出す創作意欲がかき立てられないということがありますよね。

平田　この間、地元の長老たちが集まる飲み会があって、「こんな田舎に、そんなに外国人が来て大丈夫ですかね」という話が出たとき、80代の方が「ここは昔、日本中から女工さんが来て栄えたところなんだから、それが今度は世界中から来る芸術家に代わるだけだ」とおっしゃったのが、とても印象的でした。

⑦感染症対策に最大限の注意を払い、2020年9月9〜22日に無事開催された。

ヤマザキ　なんてかっこいい80代でしょう！　実際、受け入れる側の地元には、新しい何かを提供してくれる人たちを見たいという気持ちがあると思うんです。平田さんみたいな人が来て、「これはおもしろいんだよ」と何かやっていると、周囲も「どれ、おもしろいことだって？」と積極的に想像力を膨らませるし、そこで化学変化が起こっていく。そういうふうに、外から持ってこられるものを受け入れる受け皿みたいなものがあるということも大事ですよね。豊岡のような、外部の人を寛容な姿勢で受け入れられるような場所には、成熟を感じます。

平田　そう思いますね。ヨーロッパは何百年もかかって、冷たすぎも熱すぎもしない、ちょうどいい人間関係をつくってきたわけですが、そういう適度なコミュニケーションができるコミュニティをつくれるかどうかが、これからの日本社会の大きな課題だと思っています。

ゲリラ戦って、実は何かの拍子でばたばたばたっと状況を変えていく可能性もはらんでいるんです。豊岡を圧倒的な成功例にして、このゲリラ戦を生き抜いていきたいですね。

今、この世界を鎮めるために

ヤマザキマリ対談集

第9回

ヤマザキマリ×萩尾望都

萩尾望都（はぎお　もと）

漫画家。1949年福岡県生まれ。1969年『ルルとミミ』でデビュー。以来、ＳＦ、ファンタジー、ミステリーなど、幅広いジャンルで先鋭的な作品を次々と生み出し読者に衝撃を与え続けている。1976年『ポーの一族』『11人いる!』で第21回小学館漫画賞、1997年『残酷な神が支配する』で第1回手塚治虫文化賞マンガ優秀賞、2006年『バルバラ異界』で第27回日本ＳＦ大賞、2011年第40回日本漫画家協会賞文部科学大臣賞、2017年朝日賞など受賞多数。2012年紫綬褒章受章。2019年文化功労者。

※本対談は2020年4月23日から5月2日にかけて萩尾、ヤマザキ両氏が交わしたメール往復書簡をもとに再構成しました。

神に捧げる肉体の美しさ

ヤマザキ　先生には「漫画と運動」、そして現在のコロナ禍についてもいろいろ質問をさせていただきたいと思っています。まず、先生がお好きなスポーツについて教えていただけますか？　これまではお会いしてて運動なんてネタになったこともないのにいきなりですが（笑）、やる方でも観る方でもかまいません。

萩尾　スポーツは観るのは好きだけど、やるのは苦手なんです。魚が見られるのでシュノーケリングは好きですが、これはスポーツに入るんでしょうか？

ヤマザキ　スポーツでいいんじゃないでしょうかね、運動は運動だし。私も運動という目的で体を動かすのは嫌なんですが、昆虫採集で野山を何時間でも駆け回れますし、シュノーケリングであれば2時間は平気で泳いでいられます。きっと興味が先にありきで、体を動かすのはそこに付随するものに過ぎないということですよね。

私は漫画に行き詰まると掃除をする癖があって、特に最近はコロナ自粛のストレスも重なり、家の掃除ばかりしています。そうやって体を動かすことで、自動的に運動不足解消にもつながっているんじゃないかと、勝手に解釈しております。

ちなみに、観るスポーツでは、先生は何がお好きですか？

萩尾　観る方はなんでも好きです。過去に観たスポーツで思い出すのは、美しいスキーのジャンプ、乱れもせずに走り続けるマラソン、全力でボールにタックルするゴールキーパー……やはりスポーツって美しいんでしょうね。傍で詳しい人が解説してくれるなら、よけいおもしろいです。

ヤマザキ　で、いきなりですが、先生は、オリンピックについてはどう思われますか？　萩尾望都とオリンピックって、なかなか結びつかないというか。

萩尾　オリンピックは、わかりやすい祭典ですよね。世界中から選手が集まってきて、その中には集団で来る強い国家もあれば、ひとりだけで参加する国もある。お国ごとの得手不得手や選手の男女比などから、その国の歴史や社会の制度も推察できます。パラリンピックもよく紹介されるようになりましたね。

ヤマザキ　これまでご覧になったオリンピックで何か印象に残っていらっしゃることはありますか？

萩尾　まず1964年の東京オリンピックですね。当時私は大阪の吹田市というところに引っ越したばかりで、吹田市の千里山にある吹田一中の中学3年生でした。学校の音楽室に当時は珍しかったカラーテレビが設置してあり、東京オリンピックの期間中は、朝でも昼休みでも放課後でも、観たい生徒はいつでも音楽室に自由に出入りして、テレビでオリンピック中継が観られたんです。それから、白とピンクの紙で作った花をみんなで笠につけ、校庭で輪になって東京五輪音頭を踊っていました。

家では家族の方針としてあまりテレビを観なかったのですが、東京オリンピックの開会式だけは長々と観た記憶があります。聖火台に至るあの長い階段を聖火ランナーが駆け上っていって聖火台に火をつけたシーンとか、よく覚えていますね。

あとは、「東洋の魔女」と呼ばれた女子バレーボールです。どんどん勝ち進むので、学校でも試合ごとにその話で盛り上がっていました。当時のソ連に勝って金メダルを獲って、すごいパワーでした。その何年後かに少女漫画で女子バレーボールものが流行り、『アタックNo.1』①や『サインはV!』②などを、オリンピックを思い出しながら読んでいました。

ヤマザキ 『アタックNo.1』は子どもの頃にいつも観ていたので、伝説の「東洋の魔女」は、私も試合を観戦してみたかったです。他に、印象に残っていらっしゃるオリンピックの場面や競技はありますか？

①浦野千賀子による「スポ根」バレーボール漫画。1968年1月から1970年12月まで「週刊マーガレット」で連載された。1969年から1971年まで、フジテレビ系列でテレビアニメが放送され、大人気を博した。

②神保史郎・望月あきらによる熱血バレーボール漫画。「週刊少女フレンド」で連載された。1969年、岡田可愛主演でテレビドラマ化。大ヒットとなり、1973年には坂口良子主演で続編も制作された。

萩尾　1976年のモントリオール・オリンピックで3個の金メダルを獲得した女子体操のコマネチには、びっくりしました。彼女は当時14歳だったんですが、段違い平行棒と平均台で最高得点の10点満点で優勝、どんな難しい技をしても全然平均台から落ちない姿は、まるで引力がないみたいでした。

あとは、1972年札幌冬季オリンピックのジャネット・リンです。女子フィギュアスケートで銅メダルでしたが、演技に味と余裕があって、天使みたいでした。フィギュアスケートでは、1992年アルベールビル冬季オリンピックの伊藤みどり選手にも萌えました。がんばって銀メダルを獲って、美しかったですね。

ヤマザキ　やはりアーティスティックな競技に惹かれていらっしゃったんですね。先生は、人はなぜ運動をしている人を見たがるのか、また、なぜ人が運動する姿を見て感動するのだと思われますか？

萩尾　運動している人に、自分が探しているパッションを見るからかもしれませんね。

あと、目標を目指している瞬間の純粋さ、美しさは、神に捧げられたもののように、代わるものがありませんよね。与えられた身体を使って捧げものをするという感じでしょうか。

神になるための一番の近道は肉体を捧げることと考えると、やっぱり荒修行が必要なんですね。選手はみんな羅漢のようになって、厳しい修行を超越していく。そこに力や美を感じるから、人々は運動している人たちに感動するのだと思います。

ヤマザキ　古代ギリシャでも、やはり神への奉納として、身体能力への賛美的意識がありました。また、運動という肉体的な苦労に、人々は、山あり谷ありの人生を乗り越えていくということを重ねてもいるのかなとも思うのですが、たとえば子どもの頃、『巨人の星』や『アタックNo．1』のアニメを観ていたとき、「どうしてこんなに荒修行的な運動の仕方をするのだろう」と怖かったと同時に、彼らが積極的に辛さと向き合うのが不思議でなりませんでした。でも、そんな厳しいトレーニングが人生の喩《たと》えだとすると、マラソンでの選手のゴールによって観客も達成感を得られるという仕組みなのかなと。

神への奉納ですから、一流のものを見せなければならないわけですよね。たとえば、フィギュアスケートの羽生結弦選手に皆が熱中するのは、普段は苦行の日々のはずなのに、リンクでは洗練された可憐さと優美さで演技を仕上げているというところなのだと思います。

そういえば、先生の漫画も含めて、素晴らしい漫画はものすごく大量の情報を可憐で洗練された美しさやシンプルさで表しますよね。たとえば水木しげるさんの作品は、あの緻密な点描があるからこそ、唯一無二の雰囲気になるのだと思いますが、そう考えると、苦行しているという部分を見せず、あくまで美しく表現していくという点で、漫画とスポーツには共通するところがあるんじゃないでしょうか。

萩尾　スポーツと違うのは、漫画で苦行することはあっても、荒修行がない世界だということだと思います。運動と荒修行、演劇と荒修行、勉強と荒修行、バレエと荒修行、ピアノと荒修行……どこにも荒修行がありますけど、絵画に荒修行はないですね。ふたりとも漫画家でよかったですね（笑）。

ヤマザキ　確かに、「デッサン特訓8時間！」とかないですからね。漫画は大変な仕事だと思うことも多いですが、疲れた！と思ったらとりあえず人目気にせず寝そべったり、猫をなでたりできますから。

世界に向ける「俯瞰視線」

ヤマザキ　そうは言いつつ、私は漫画を描いていると、いつまでも終わらない格闘をしているような、あるいは延々とゴールの見えないマラソンをしているような気持ちになります。萩尾先生は描いている作品に運動的な気合が籠ることってありますか？

萩尾　そうですね、いつも「いつ、終わるんだろう〜」と言いながら描いています。すると、スタッフが「明けない夜はない」と答えるんです。でも、小松左京の短編に「夜が明けたら」という、夜が明けない怖い話があるんですよ！　毎回、いつかは終わるのでホッとしますけどね。

ヤマザキ　ああ、知ってます！　あの話は怖いですね……今のコロナ禍もそうですが、いつかは明けると思うから人はがんばれるんであって、明けなかったら救われない。

そういった根性というか、粘りの意識以外では、先生は描いているときにどんな気持ちでいらっしゃるんでしょうか？

萩尾　漫画を描いている最中は、登場人物に同化しています。感覚的にピッタリ重なると、あまり考えなくても、キャラが動き、物語が進んでくれるんです。感覚でなくアタマ（理屈）で考えると、うまくいっていそうに思えても、驚きがなくなりますね。

ヤマザキ　はい、私もそうですが、感覚的に突き動かされるというか。スポーツで脳内分泌物のドーパミンが出て、運動と精神が一体化した人がいい結果を出すのと同じことかもしれませんね。
私が漫画を描くときも、何かに取り憑かれたようになっているときは、トイレにも立たずに、すいすいと15時間でも描いてしまいます。逆に、いい結果を出さなければ、と力むと辛さが先行してしまって、効率が悪くなるというのも運動と重なりますね。

萩尾　15時間！　それはすごい！　ギネスものではないでしょうか⁉　その記録はなかなか、破れないと思います。はっと気がついたら、お腹が空いていたんじゃないですか？

ヤマザキ　15時間はオーバーだったかもですが（笑）。とにかく朝始めたのに窓の外を見たら夜になっていたりする。空腹よりも、トイレを我慢しすぎて病院へ行くはめになってしまいました。あまりに入り込みすぎて麻薬効果みたいなドーパミンが出ていたのでしょうね。気をつけないといけません。

萩尾　マリさんは昔から、踏ん張る力がすごいですよね。作品にも人生にも、その力が発揮されていると思います。お母様のことを書かれた本（『ヴィオラ母さん』）も読みましたが、やっぱりすごくパワフルですよね。家系なのかしら。
あの長い歴史ものの『プリニウス』も、すごく体力がいる仕事だと思います。

私、あんなおもしろいネロ皇帝③を見たの、初めてです。

ヤマザキ　『プリニウス』のネロのような、複雑な人間造形のきっかけとして、間違いなく萩尾望都作品の存在がありますね。先生の作品の多くはけっして人間礼賛的なものではありません。過酷で残酷な描写も多く、人間の人生はそう都合よくできてもいないし、社会も家族も不条理に満ちているという、シビアな観察や分析が見える。私は先生のそういう作品を読みながら育っていますし、そういう作品がまた大好きなわけですが、先生としては、意図してというより、自然にあのようなストーリーやキャラが創られていく、という感じなんでしょうか？

萩尾　どうなんでしょう？「こうでありたい」という理想と「そうはならない」という現実の狭間で、ああいう作品ができてくるんでしょうね。

マリさんの作品にも、世界に対する「俯瞰視線」のようなものを感じます。しかもマリさんがすごいのは、浪花節にもお涙頂戴にも行かず、ギャグですっ飛んでいるところ。これは強みですよ。

ヤマザキ　ありがとうございます。私の場合は、私がこれまでただ気持ちの赴くまま観てきた膨大な量の映画や、読んできた本などが自然に自分の中で石油のようなエネルギーソースになっていて、それを費やしている感じですかね。

③ローマ帝国第5代皇帝。紀元54年、16歳で即位。初期は哲学者セネカらの助言で善政を行ったが、ローマの大火に乗じてキリスト教徒を迫害するなど「暴君」であったとされる。

萩尾作品もその私の石油の要素となっているわけですが、自分が今こうして萩尾先生とやりとりできているなんて、先生の作品を熱心に読んでいた子どもの頃の自分に伝えたら腰を抜かすことでしょう。

先ほど母についてお褒めいただきましたが、母は漫画がだめという人で、私が9歳のときになけなしのお小遣いで買った『まことちゃん』④の単行本を全部捨てられたことは、未だにショックで引きずっています（笑）。それ以外にもあの母の凄まじき生き様を目の当たりにしてきたので、人間世界をファンタスティックアンドドリーミンなものとして描けなくなったのかもしれません。

萩尾　私が漫画家として大成できたのも、大反対する親がいたことが大きかったと思います。もちろん、励ましてくれる友達や理解してくれる読者、編集者の存在もとても大切でした。

お風呂に入れなかったマリさんの苦労ほどではありませんが、私はデビューして1年ぐらいの間、続けて7作ボツになったり、アイデアプロットにすべてダメ出しされたりということがあって、「自分は漫画家に向いていないのではないか」と、とても悩みました。でも、さるご縁で出会ったある編集者がボツ作品をほとんど掲載してくれたんです。それで、悩みも吹っ切ることができました。やはり、めぐり合わせって大事ですね。

④楳図かずおによるギャグ漫画。「週刊少年サンデー」で1976年から1981年まで連載された。幼稚園児の主人公・まことちゃんが発する「ビチグソ」「グワシ」「サバラ」などのギャグが大人気となった。

ヤマザキ その通りですね。スポーツで、選手とコーチとの相性でトレーニングの成果にも違いが出てくるのと似ているかもしれませんね。

萩尾 そういえば、マリさんが『オリンピア・キュクロス』で円谷幸吉さんを描いてくれたでしょう? 円谷さんはけっして忘れてはいけない、日本マラソン界の運命の人です。「よくぞ描いてくださった」と感激しました。自ら死を選んだ円谷選手の悲劇は、コーチとのめぐり合わせがうまくいかなかったということなのでしょうか。

ヤマザキ 円谷さんの不幸はまさに「時代」だったと思います。第二次世界大戦が終わって20年も経っていない中で、日本は高度成長の波に乗りつつも、自分たちの国の威厳を取り戻したい、という風潮が強く、社会にもまだ軍国的な気配が漂っていた。そうしたプレッシャーがあの頃の運動選手にのしかかってしまったという気がします。円谷さんは時代の犠牲者だったとも言えるんじゃないでしょうか。

でも、あの漫画で円谷さんのことを描けて、本当によかったです。漫画が出た後、福島の円谷さんのお兄さんから「幸吉が生き返って本当にしゃべってるみたいだった」と、担当編集者にお電話があったそうです。それを聞いて、嬉しくもあり、切なくもあり。

表現者は少年少女の心を持っている

萩尾　『オリンピア・キュクロス』には、手塚治虫先生も登場しますよね。私は高校2年のときのお正月にお年玉で買った手塚先生の『新選組』⑤にショックを受けて漫画家になったので、私にとって手塚先生は特別な方なんです。自分が将来の道を決めるとき、果てしのない、奥の深い、噛んでも噛んでも味の出る作家に出会えたことは、幸福の極みだと思っています。

手塚作品を読めばわかることですが、先生は子どもの心や感性をずっと持っておられました。大人にありがちなしたり顔やお説教がまったくない方だったんです。私がプロになってから手塚先生と対談したときは、緊張してあまり話せず、あれもこれも聞いておけばよかったと悔やまれることしきりです。

ヤマザキ　手塚先生のように、社会の流れに抗して子どもの心と感性を保持できる人が、時代や時空を超えて人々を感動させられる表現者になれるのではないでしょうか。レオナルド・ダ・ヴィンチしかり、もちろん萩尾先生もそうですよね。活躍する漫画家の方は皆さん、とりあえず社会性を身につけてはいても、いつまでも内面が少年少女のままだと思います。

⑤手塚治虫の漫画作品。父の仇を討つため新選組に入隊した少年・深作丘十郎の成長を描く歴史ドラマ。1963年「少年ブック」で連載された。

萩尾 私の社会性はあやしいですけど……子どもは伸びしろがあるんですよ（笑）。

ヤマザキ 子どもは大人と違って、社会における自我の意識も、必ず結果を出さないといけないという意識も強くないし、世間を意識した生き方のイデオロギーや理想がないですよね。そんなことが伸びしろを作るのかもしれません。

萩尾 私は自分のことを妄想系作家だと思っていて、つまり現実についていけないんです。だから漫画という居場所が必要で、ついていけない現実からアイデアや刺激を得て、漫画で表現しているんですね。

ヤマザキ まさに漫画が先生の人生を支えているのですね。妄想や想像力は人間の欠かせない生命力だと私も思っています。ちなみに、先生は漫画のネームがおもしろくならないときは、どうされてるんですか？

萩尾 ただ考える。どこまでも考える。ひたすら考える。最後は、「今はここまでか〜」と諦める。

ヤマザキ 同じく、あきらめが肝心（笑）。そういえば先生は以前お会いしたとき、iPadでの作画にトライされていましたが、今回のコロナ禍でデジタルで描くということを本格的に始められたんでしょうか。

萩尾 いいえ、まだ勉強中です。うちは毎回、アシスタントさんが合宿のように泊まり込んで作業をしていたのですが、もうそういうことはできないかもしれませんね。まったく未知の世界ですが、変わらないのは締め切りが来るということです。

ヤマザキ　そうです。締め切りはコロナでも容赦ありません。

萩尾　マリさんはデジタルで描いているんですか？

ヤマザキ　すべての作業をiPadにしてからもう何年も経ちます。『オリンピア・キュクロス』も『プリニウス』も全部iPadで描いてますし、私のように長距離の移動が多く、それぞれの土地での滞在時間が長い人間には、デジタルは最適なんです。デジタルに移行する前、シリアのダマスカスから100ページの生原稿をフェデックスで送ったときは、「どうか無事に届きますように」とアラーに願ったにもかかわらず、結局1週間遅れで届いたということがありましたが、今はそんな心配もしなくてすみます。それに、iPadならソファで寝そべりながら描けますから、荒修行も何もあったものじゃないですよ（笑）。

コロナ禍というSF的世界

ヤマザキ　オリンピックのことを、もう少し伺いたいと思います。新型コロナウイルスのパンデミックで2020年東京オリンピックが1年延期になったということについて、率直にどう思われていますか?

萩尾 ううむ、来年もあるかどうか……。アスリートが大変だと思いますが、もはや2~3年のスパンで考えた方がいいかもしれません。20世紀初頭に流行したスペイン風邪は終息まで3年かかったそうですが、コロナはどうなんでしょうね。

ヤマザキ 歴史上のどんなパンデミックも1年で終わったものはありませんし、過去の例を見ても、何年掛かりのものもあります。ワクチンができたところで、いつから一般の人が接種できるのか、その見通しもまだついてないですからね。

正直、オリンピックは人々のメンタルや社会環境が健やかになってからやるべきことじゃないでしょうか。少なくとも、来年実施への過剰な希望は持たない方がいい、と私は思っています。コロナ禍の影響での貧困者も増える中、さらにまた追加で何千億円必要だとも言われていますから、無理矢理やることなのかどうかという疑問が残ります。さもないと、祭典ではなくビジネスとしての意地しか感じられなくなるでしょう。

萩尾 人間は戦争や争いから逃れられない歴史を持っていますが、世界を鎮める方法として、戦争よりもオリンピックはよい方法だったのでしょう。オリンピックという祭典にエネルギーを注ぐことによって、世界の戦争や争いの一部は回避されてきたのではないかと思います。でも、コロナ戦争が始まってしまって、もう世界は鎮まらないかもしれません。

ヤマザキ　おっしゃる通り、古代ギリシャでオリンピックは戦争に代わるものという意図で企画されました。でも、今のオリンピックは、政治力が介入したソフト戦争のようになってしまっています。国威や経済の圧がかかればかかるほど、選手も心のどこかで兵士のような意識を持ってしまうのではないでしょうか。

オリンピックの実施には何千億、何兆円とかかります。赤字のリスクを負いたくないということで最近は開催地に立候補する都市が減っているそうですが、そのうち誰もやりたがらなくなるかもしれません。オリンピックの概念やあり方は、今回のコロナ禍もきっかけとなって、間違いなく変わっていくはずです。

萩尾　私、世界恐慌は第一次世界大戦の余波で起こったと解釈していたのですが、それに加えてスペイン風邪の影響もあったのですよね。今回のコロナ禍によって、日本だけではなく世界的に経済が苦境に陥っている状況を見ると、これから起こるかもしれない世界恐慌への覚悟と準備もしておかなければいけないのかもしれないですね。

なんだか、SFの世界に迷い込んだみたいな気がします。パンデミックでパニックに陥る世界を描いた、篠田節子さんの『夏の災厄』という小説を思い出しました。

ヤマザキ　確かに、ウイルスは生き物ではありませんが、未知の生態という意味ではSFですよね。

先生のご指摘通り、第一次世界大戦があり、スペイン風邪で5000万人もの犠牲者が出て、世界恐慌が起こった20世紀初め、何を信じて生きていいのかわからない社会的混乱と貧困の中で、ヒトラーやムッソリーニのような独裁者の卓越した弁論力に人々はすがりついてしまいました。それが第二次世界大戦へとつながっていったことはノンフィクションですが、考えてみると、もう十分SFですよね。これとそっくり同じことは経験したくないと思いつつ、ある程度、身構えはしてしまいます。

でも、ちょっとポジティブになれそうな動きもあります。この前、ニュースを見ていたら、フランスのマクロン大統領が、国連安保理の常任理事国が世界の地域紛争・内戦をすべて停戦させる「コロナ世界停戦案」⑥を検討していると言っていました。その手始めに、イエメン、シリア、リビア、ウクライナ、スーダン、南スーダン、カメルーン、中央アフリカ、ミャンマー、フィリピン、

⑥2020年7月1日、国連安全保障理事会は新型コロナウイルスへの対応のために、紛争地における90日間の即時停戦を定めた決議案を全会一致で採択した。アメリカと中国の対立で、グテーレス事務総長が停戦を呼びかけてから決議まで100日間を要した。

コロンビアの内戦を国連の仲裁で停戦する案が出ており、安保理常任理事国の首脳全員が賛成しているらしい。なんだか、人類共通の敵である宇宙人が攻めて来て、一致団結して戦わないといけないから地上の戦いを休戦するＳＦ映画みたいですね。

萩尾　そうか！　コロナも、戦争を抑止するんですね。

ヤマザキ　ただ、私はマクロン大統領が最初の頃の演説で、新型コロナウイルスを「敵」に見立てていることに違和感を覚えました。ウイルスは人類の歴史とともにあった地球上のひとつの現象であるにもかかわらず、人間を辛い目に遭わせるものはすべて敵という解釈は、人間こそ選ばれし生物、なによりも長生きするべき生物、という人間至上主義に通じるものだと思うのです。

私はウイルスを「敵」だとは捉えていません。他の動物にも感染症の発生はありますが、皆それも自然界の秩序として受け入れている。もちろん私だって疫病で死にたいなんてまったく思ってませんけど、人間だけが特別扱いを主張する筋合いはないいんじゃないかな、と感じています。知性ってそんなにすごいものなのかなと。

私たちの文化が試されている

ヤマザキ　これまでの歴史を振り返ればよくわかりますが、人はパンデミックが発生するたびにダメージを受け、貧乏になり、宗教にも走りました。人間はそれでも何度も何度もこうしたパンデミックを乗り越えて、その遺伝子は今の我々にもつながっているわけですよね。

今回のコロナ禍は人間が自らを省み、普段考えないことを考え、理想通りにいかない現実を受け入れ、社会の歪《ひず》みを見つけ、成長を果たせる機会なのかもしれないとも感じています。

萩尾　世界はこのコロナ禍を生き延びないと、ですね。私たち人間は本当はマリさんがおっしゃるようなことをいつも考えていればいいのに、なぜか普段は忘れてしまう。今が、考えるチャンスなのかもしれません。コロナ禍によって、私たちの文化が試されているという気がしてしまいます。

ヤマザキ　みんな考えるのが面倒くさくて、自分たちの代わりに考えてくれる人や社会を統制してくれる人を求めてばかりいます。でも、自分の力で考えて、悩んで、模索して、失敗して、立ち上がって……という一連の感情の経験を経ることで、やっと人間という生き物になるんじゃないかと。だから、しっかり考えるということをしないと、人間は生物として不完全な生き物になってしまうと思うんです。こんなご時世だからこそ、そのことを痛感しています。

SFのような現実に不安を覚えつつも、14世紀のペスト流行の後にはルネサンスが開花したということを考えると、きっと様々な分野の創作家が、今後、おもしろい作品を世に出すのでは、という期待も湧いてきます。

先生は、今回の状況を受けて「漫画を描く」気持ちに何か変化がありましたか？

萩尾　いえ、終わってから何かあるかもしれませんが、まだじわじわと始まったばかりで、社会のあり方がどう変わるのか、じっと考えつつ、見ていたいと思います。

ヤマザキ　こういうときの作品って、あるとき不意に、出るべくして出てくるものですよね。先生は、２０１１年の東日本大震災の後、『なのはな』『プルート夫人』『雨の夜―ウラノス伯爵』『サロメ２０ＸＸ』[7]と、震災と原発事故に向き合った作品をいち早く描かれましたが、あのときはどんなお気持ちだったのでしょうか。

萩尾　あのときに書き留めた文章があるのですが、途中になったまま、ずっと

⑦いずれも萩尾望都の漫画作品。「シリーズ・ここではない★どこか」の一環として、２０１１年夏から「月刊 flowers」で断続的に掲載された、震災・原発事故をモチーフにした作品群。

続きが書けないでいます。

海より深い悲しみに海は答えてくれるだろうか
空より青い悲しみに空は答えてくれるだろうか

死んで行く仔牛の目に映る世界を
あふれる涙が流してくれるだろうか

こんな美しい世界の悲しみを
どうもできない悲しみを
受け止めきれない物々を
どこに捨てよう
どうやって忘れよう

千の星々が降り注ぐあの空に
たくさんの魂が清らかに還ってゆく

振り返っても、ため息ばかりで、とても悲しかった。人が、家が、生活が、牛が、山が、畑が失われてゆく……今も、整理できていません。

ヤマザキ　あのときのやり場のない悲しみと命の脆さへの思いが込められていて、思わず泣きそうになってしまいました。実は私、小学校の頃先生の詩集みたいなのも持っていたのですが、萩尾望都はやはり文学者でもあるんだと今改めて痛感しました。やっぱり詩の奥行きって、すごいですね。

萩尾　そんなふうに受け止めてくださって、ありがとうございます。

ヤマザキ　今、私は何週間も誰に会うこともなく家で引きこもって毎日考え事に耽っていますが、3・11のときと違うのは、人間が見えないウイルスに怯えて身動きができなくなった反面、生き物たちや自然はどんどん生き生きして、地球がやっと深い呼吸をしている、ということです。イタリアにも自然が戻ってきて、ヴェネチアの運河の水がすっかりきれいになりましたし、観光客がいなくなったローマのスペイン広場の噴水では今、カモが泳いでいます。

そういう光景を見聞きすると、実は人間が地球にとってのウイルスだったんだなあ、と思ってしまいます。人口が増えすぎ、人間が経済主義に走りすぎて地球に病気を撒き散らしてきた結果、地球は私たちに聞こえない悲鳴をずっとあげていたのかもしれません。今回のコロナ禍は、地球が人間を制裁しているのかもしれないなあ、なんてことを思ったり。

萩尾　環境の危機は目ではっきり見えないから、鈍感でいられるだけなんでしょうね。

私は、人間が環境を顧みずに消費するばかりでいたら、いつかレイチェル・カーソンが警鐘を鳴らした「沈黙の春」⑧が来るかもしれないという危機感を持っています。たぶん人間の特性は変わらないとは思いますが、違う未来を選ぶこともできるのですよね。もし人々がそれを望めば、持続可能な生活やエネルギーによるパーマカルチャー⑨のエコな世界が生まれるでしょう。共存できる、沈黙しない未来が来てほしいですね。

この事態を若くして体験する、伸びしろのある世代に期待します。未来をよろしく頼みます、と。

⑧アメリカの生物学者レイチェル・カーソンが1962年に出版した著書のタイトル。DDTなど農薬を始めとする化学物質の危険性を、鳥たちが鳴かなくなった「沈黙の春」という描写によって訴えた。

⑨パーマネント（永続性）と農業（アグリカルチャー）に加えて、文化（カルチャー）を組み合わせた造語。無農薬・有機農業を基本とし、人間にとって永続可能な環境の創出を目指す思想。

成熟しなければ生き延びられない

ヤマザキマリ対談集

第10回

ヤマザキマリ × 内田樹

内田樹（うちだ　たつる）

思想家、武道家。神戸女学院大学名誉教授。凱風館館長。1950年東京都生まれ。1982年東京都立大学大学院人文科学研究科博士課程中退。専門はフランス現代思想、武道論、教育論、映画論。2007年に『私家版・ユダヤ文化論』で第6回小林秀雄賞、2010年に『日本辺境論』で第3回新書大賞、2011年に第3回伊丹十三賞を受賞。主著に『ためらいの倫理学』『レヴィナスと愛の現象学』など。近著に『日本習合論』『コモンの再生』。

対談日：2020年5月22日
（オンラインで実施）

「オリンピック反対」の呪いが成就した⁉

ヤマザキ　新型コロナウイルスの流行が広がり始めた今年（2020年）初め、日本はPCR検査を行うことに非常に消極的でした。政府や東京都は否定していますが、あれはやはりオリンピック開催が意識されていたと思った人は少なくないはずです。海外の人たちもそう受け止めていたみたいで、イタリアの家族や友人から「どうして早く検査をやって感染者数を把握しないんだ。おまえたちはそんなにオリンピックをやりたいのか」と散々言われてしまいました。私に言われても、と戸惑いましたが。

内田　僕もまさか感染症がオリンピック開催に関与してくるとは思ってもいませんでした。でも、5年前に「これから先、人類の存在を脅かすのはウイルスだ」とビル・ゲイツが警告してたんですよね。感染症というリスクファクターは国際的なイベントを計画するときには勘定に入れておくべきだったんです。

どのみち、東京オリンピックはやるべきではないと僕は思っていました。ですから招致の段階からオリンピックに反対ということは明言してきましたし、平川克美、小田嶋隆両君との鼎談《ていだん》『街場の五輪論』①でも、3人でオリンピック

①「成長戦略としての五輪開催」の破綻をコラムニスト小田嶋隆と「ラジオディズ」プロデューサー平川克美との鼎談で喝破した一冊。2014年朝日新聞出版刊。2016年朝日文庫。

反対論を熱く語っています。僕たちの「呪い」が通じちゃったのかも知れない(笑)。今は1年延期と言っていますが、たぶん来年もオリンピックは開催できないと思いますね。

ヤマザキ　呪い力(笑)。どう考えても、経済的にも困窮者が増えて、しかも完全に疫病が払拭されてもいない中での実施なんて、無理ですよ。ワクチンだってまだ曖昧ですし。私も2020年東京オリンピックにはずっと違和感を持っていました。古代ギリシャで始まったオリンピックは戦争の代替手段として始まったわけですが、日本の場合、開催による経済的効果だけではなく、欧米に対する劣等感を振り払いたいという、明治維新からひっぱり続けている意識がオリンピック開催への意固地を焚きつけているような気がしてしまいます。

内田　ヒトラーがベルリン・オリンピックをドイツの国威発揚に利用して以来、開催国はオリンピックを国力誇示の機会と見なしてきました。でも、今の日本は「落ち目」になっているので、誇示できるようなものがない。それどころか、オリンピックを起爆剤にして、日本経済にテコ入れをしようとしたわけでしょう。動機としてお粗末すぎると思う。招致するときも、いったい何のために東京でオリンピックを開催したいのか、それについて世界に訴えるようなメッセージがなくて、ひたすら「経済効果は何兆円」という内向けの、金の話に終始した。2025年大阪万博も同じですが、開催の主たる目的が「金儲け」ということがあまりに貧乏くさいです。

ヤマザキ 投げやりな感じがしますね。確かに「お金がなくなると戦争が始まる」と言われますが、それが戦後、オリンピックに置き換えられたということは考えられますか。

内田 戦争を始めることに比べたらはるかにましですけど、金儲けのために招致するというのは、オリンピック精神には反しています。そういうさもしい根性で招致したせいで、期待していた経済効果はあらかた夢と消えてしまった。将来振り返ったときに、「幻の2020年東京オリンピック」は日本没落の指標として回想されることになると思います。

ヤマザキ となると、日本の経済的な回復は早急には無理ということになりますね。

内田 無理でしょう。オリンピックをやるやらないという以前に、日本のシステムそのものがもう賞味期限切れになっているんですから。経済といっても、実際に経済活動を担って、経済を動かしているのは生身の人間なわけです。その生身の人間がやる力を失っている。この20年、日本システムの劣化は急速に進みましたけれど、それは日本人のマインドセットそのものが劣化したことの結果です。今、日本の経済セクターではイエスマンや事なかれ主義の人しか出世できない仕組みになっています。冒険心があり、創造力に富んだ人は異端視されて、キャリアパスから弾き出されてしまう。企業だけではなく、政治家や官僚やメディアや学校も、どこもそうです。

なぜそうなってしまったかというと、情けない話ですけれど、それは日本が貧乏になったからなんです。高度成長期やバブル経済の頃は、みんな自分の金儲けに夢中になっていて、他人のことなんか構わなかった。だから、経済的に調子がいいときは、なぜか同調圧力は低いんです。僕らみたいな異端者が社会の片隅で好き勝手なことをしていても、文句を言われなかった。「意味のないことしやがって」という軽蔑のまなざしは向けられましたし、「どうして金儲けしないいんだ？」と責められはしましたけれど、「やめろ」とは言われなかった。だから、経済的に好調なときは少数派にも息のできる「片隅」があった。でも、バブルが崩壊して、パイの増大が止まったとたんに、いきなり同質化圧が高まった。パイが大きくなっているときには、人はあまりパイの分配方法は気にしないんです。自分の取り分が増えているから。でも、パイの増大が止まると、とたんに隣の人間と自分の取り分の違いが気になる。そして、「ちょっと待て。パイの分配をどういう基準でやっているんだ。客観的で合理的な基準を決めて、分配しようじゃないか」と言い出す連中が出てくる。これが、必ず出てくるんです。そして、厳正な分配のためにまず「格付け」をしようとする。単一の「ものさし」をあてがって、プレイヤー全員を生産性とか、社会的有用性とか、社会への貢献度とか、要するに「いくら稼ぐか」に基づいて差別化しようとする。そうやって社会全体の同質化・規格化が進行した。その結果、他と違うことをする人にうるさくダメを出したり、他人の箸の上げ下ろしにまで文句を言うような連中が増えてきた。そうやって日本社会から自由や多様性が失われた。コロナ禍で湧いて出た「自粛警察」なんか同調圧力が物質化した化け物みたいなものだと思います。

ヤマザキ　貧乏が人間の視野を狭窄的にしていく。わかりやすいですね。

内田　同質化は格付けの前提なんです。格付けというのは、すべてのものは単一の数量的な「ものさし」で1位から最下位まで一列に並べられるという前提の上に成り立つわけですから、格付けに先行してまず同質化・規格化が行われる。異端、逸脱、少数派、なんであれ「ものさし」では考量できない価値を生み出しているものは認めない。でも、人が格付けをうるさく言い出すのは、要するに「分配するものが減った」からなんです。格付け志向は貧乏くささの指標なんです。

社会のほんとうの意味での生産力や開発力や復元力は、メンバーの個性と能力の多様性と、そこから生み出される価値の「ばらけ方」によってもたらされるんです。少数派や異端に寛容な社会はさまざまな新しいものを生み出すけれど、同質化圧が過剰な社会からは新しいものは何も生まれない。

だから、「貧すれば鈍す」というのはほんとうなんです。落ち目になると格付けに基づく資源の傾斜配分をし始めて、その結果ますます貧しくなる。日本はもうその負のスパイラルに入っています。

「平和の祭典」の危うさ

ヤマザキ　今回のパンデミックは、オリンピックのあり方にどのような影響を及ぼすと思われますか？

内田　2024年パリ・オリンピックまでにパンデミックが終息していればいいのですけれど、完全にコロナ以前に復すということはないんじゃないかな。

ヤマザキ　専門家の話を聞いている限り、新型コロナウイルスはすぐに収まりそうもありませんしね。歴代の様々な感染症の状態を調べても、どれもそう社会の思い通りには治ってくれていませんし。

内田 感染が終息した国は選手団を送ってよい、そうでない国は選手団を派遣できないという「線引き」をすることになったら、もう本来のオリンピックとは言えないです。アフリカのサハラ以南では、これから感染が広がると予測されています。そうなると、感染の程度差が国際的なイベントへの参加の可否を決める「差別の指標」になりかねない。オリンピックに限らず、「感染国」というスティグマを刻印された国の国民は、国境を越えて自由に移動する権利を失う。

ヤマザキ となると、それのどこが「平和の祭典」なのかということになってきます。国境という隔たりをなくし、人類皆兄弟として平和なお祭りをしようとしても、今回のような感染症によっていとも簡単にその理念が崩れてしまう。感染してない人たちだけでやりましょう、という展開になったとしたら、おそらくそんなスクリーニングまでして集まって運動競技会をする必要性があるのか?という声が上がってきそうです。

内田 今のオリンピックのスタイルは、すべての人はクロスボーダーに自由に行き来できるということを前提に制度設計されたものです。その前提が崩れてしまった。オリンピックのどこがどう変わるか、具体的には予測できませんけど、コロナ以前と同じということはあり得ないでしょう。

ヤマザキ　今回のコロナ禍で、ただですら経済的ダメージはどこも満遍なくこうむっているわけですから、元々経済的苦境に陥っていた国々はさらに大変になっていくでしょう。そもそもオリンピックに参加できるかどうかも危ぶまれますね。

内田　オリンピックはもはや開催国に大きな経済波及効果をもたらすイベントではなくなっています。オリンピックは「儲かる」というイメージを刷り込んだのは、1984年ロサンゼルス・オリンピックです。でも、それから36年経ち、「商業五輪」という幻想は今回の東京オリンピックを最後に消滅すると思います。巨額な開催費用を担えるだけの体力のある都市がもうないし、立候補する都市にしても、既存の施設を使い回して、あまりお金をかけずに、質素なアマチュアリズムの方向に回帰していくんじゃないでしょうか。そうやってクーベルタンの近代オリンピック本来の理念に戻ってゆくのなら、それでいいんじゃないかと思いますけど。

ヤマザキ　実際、今回のパンデミック以前から「オリンピックをやりたい」と手を挙げる都市がほとんどない、という状況ですからね。

内田　僕にひとつ案があるんですけど、オリンピックは未来永劫アテネ開催で固定すればいいんじゃないですか。なんといっても、オリンピック発祥の地なんですからね。

ヤマザキ それは私も思っていました。人類平和を一番の開催目的に置くのであれば、4年おきに同じ場所でやればいい。オリンピック発祥の地でやるのが文化的な意味付けとしてもふさわしい。

内田 前のアテネ・オリンピックの施設が使われないまま廃墟になっているわけでしょう。再利用しないと、もったいないですよ。アテネ開催なら、2009年からずっと苦境にあるギリシャ経済の応援もできるし。

ヤマザキ そもそもオリンピックの概念とはどういうものだったのか、オリンピックとは何なのか、ということを一般の人がある程度理解しておくべきなんじゃないかと思うんです。内田さんが仰せのように、あまりにも商業的になりすぎているし、それ以前に、ヒトラーのベルリン・オリンピック以来国威発揚に利用されてきたわけで、風通しの良い透明感のある神事でも祭りでもありません。

『オリンピア・キュクロス』は、2020年東京オリンピック開催を前提として連載をスタートさせた漫画ですけれども、私としては、せめてこの漫画を通して、オリンピックの元々の概念とはどのようなものなのか、開催国の国民である日本の人たちに少しでも気づいてほしいという意図もありました。もともととはどういうきっかけで企画され、近代になって再開されてから今に至るまでどういうプロセスを踏んできたのか、社会とオリンピックの関わりなど、国民が認識しない限り、謳《うた》い文句は「平和の祭典」であっても、今後政府や企業に好き勝手に利用されていくことになるでしょうね。

祭礼の儀式とナショナリズム

ヤマザキ　オリンピックを好きでもない私がなぜオリンピックの漫画を描いているのか、とよく聞かれるんですが、ひとつにはイタリア留学中に、安部公房の『死に急ぐ鯨たち』という本を読んだのがきっかけです。その中にオリンピックはさながら言語を用いずに人々を「集団化」させるためのひとつの手段ではないかというようなことが書かれていたんです。彼の分析によれば、オリンピックはシャーマンが祭礼の儀式で人々を集めるのと似た感覚があるというんです。確かに、古代オリンピックは神に捧げるものでもあったわけですし、現代のオリンピックでも、普段はナショナリストでもなんでもない人たちまでが、みんなで一体になって熱狂し、自分の国を応援してたりするわけです。オリンピックは、人間を統制するということにおいて、ものすごいポテンシャルを持っていますよね。

内田　古代ギリシャの誰かが思いついたアイディアなんでしょうけど、政治単位でスポーツを競合させるというのは、よくできたアイディアですよ。

ヤマザキ　古代ギリシャでオリンピックが始まったというのは、やっぱり民主主義という合議制を世界で初めて政治に取り入れたということと深く関係していると思います。普段一律しない考え方を持った人たちが、自分たちの意思で大きな群れをなすわけですからね。単一だと脆弱な人間が、戦争といった暴力的な手段を使わずして、群れることで安心感を得る、という心理を読んでいたのかもしれない。

内田　古代オリンピックがポリス[2]同士の競争として始まったという起源を考えれば、近代オリンピックが国家主義的な色合いを帯びるのは当たり前と言えば当たり前なんですよね。国から見ると、スポーツ振興に予算を投じるのは国威発揚のコストとしてはものすごく安い。国民は楽しみを得られるし、健康状態もよくなるし、規律正しさも育まれる。費用対効果が素晴らしくいい。

だから、今の若者が自己実現したいというとき、スポーツを選ぶのは選択としては賢いんです。公的な支援体制が充実しているし、才能がある子どもにはそれを伸ばす環境が整備されている。これが「漫画を通じて自己実現を果たし

(2)古代ギリシャの都市国家。

たい」だったら、公的な支援なんてあり得ないでしょう。

ヤマザキ　漫画はそんな優遇は受けられないでしょうね。だって、漫画にはスポーツほど多くの人々を一斉に集約できるような力はありませんから。

内田　音楽でもそうですよね。ミュージシャンになりたいという若者に「この練習場ただで使っていいよ。楽器も使っていいよ」というような支援の手が国や自治体から提供されるということはまずあり得ない。国威発揚にぜんぜん役立たないと思われているからです。武道は公的な支援がわりとある方ですけれども、それは「武道を通じて愛国心が涵養される」とか「礼儀正しくなる」というような副次的効果のせいだと思います。僕が稽古している合気道はそもそも試合がないので、オリンピックも国体もインターハイも関係ない。ですから、対抗戦で「どっと盛り上がる」ということがない。そういうものには政府もメディアも基本的には無関心ですね。

ヤマザキ　同じオリンピックでも、たとえば数学オリンピックに人は興奮しませんよね。やっぱり、運動することで苦しんでいる選手の姿を見せられるから、興奮と高揚感が煽られていく。何かこう、脳内に蓄積した邪念や老廃物を排除してくれるような効果があるというか。

内田　素晴らしいプレーを観たときのワクワク感て、身体そのものが喜びますからね。サッカーでも、ラグビーでも、テレビ観て、「行けー」とか言ってるときって、身体が思わず動いてるでしょう。一流のアスリートのパフォーマンスを観ることの感動って、そういう細胞レベルでの出来事だと思う。人間の蔵しているポテンシャルの高さを見て、生物として感動する。僕はそれがスポーツの一番よいところだと思います。

ヤマザキ　エネルギーを燃焼しているのが露わになるからでしょうかね。しかも、今こうして内田さんとお話ししているようなことを、古代ギリシャの知識人たちはまさに練習や競技が行われている傍で行っていたわけですよ。あの当時は運動が人の思考を深めたり、気づきへ導いたりという役割もなしていて、映画や演劇を観た後に誰かと胸中の興奮を言語化して交わしたくなるのに近い心理でしょうね。でも、今では運動はそういう用いられ方をしていませんよね、各々が感じる興奮は言語化されぬまま、「ああ楽しかった、すっきりした」という漠然とした満足感のみで処理されていく。「今の試合について議論しよう」なんて提案したら「何言ってんのこの人」と引かれること必至でしょう。運動に対するそうした捉え方が、人ひとりの鍛えられた知性をベースとする、民主制政治ともつながっていたようにも思います。

今回のコロナ禍で世界各国の首脳たちが国民に対して様々なメッセージを発

しましたが、ドイツのメルケル首相の、開かれた民主政治とは何かと説くことから始まり、二人称で相手を励ます演説に、「こういう言葉がほしかった」「こういうふうに激励してほしかった」などと多くの人が感激していました。古代から民主制における弁論術の重要性が備わっているかどうかは、疫病や運動競技を通じても、色濃く表れるものだなあと、手元の紙を読み上げる我が国の首相の対応を見ていて痛感させられました。でもそんなことは人前ではなかなか話せない、世間体の圧が日本にはありますよね。

そのうち、世間が民衆の言動の自由をコントロールする日本という国には、そもそも民主制ってうまく適応しているのだろうか、という疑念が湧いてきた。じゃあ今の世の中、民主制がスマートに機能している国が他にあるのか、と問われたら閉口してしまいますが、どちらにせよ、日本人はもしかしたら、卑弥呼のようなシャーマンに司られるのが向いているんじゃないかとか、あらゆる思惑が脳内で錯綜しました。

内田　民主主義社会では、情理を尽くして人を説得する力がとてもたいせつなんですけどね。日本には「雄弁術」を重んじるという習慣がないみたいですね。論敵を完膚なきまでに叩きのめす「論争家」はいますけれど、論敵を説得して、自分の味方に取り込んでしまうような「雄弁家」はいない。

ヤマザキ 以前、内田さんがブログで書いていらっしゃいましたけれども、アメリカの国力が衰えている中で、たとえば中国のようなトップダウンの強権的統制力が功を奏するとなったとき、人々は一気にそちらの方向に動いてしまうという可能性ですね。パンデミックで皆がバラバラになり、すがるところもないという状態のとき、民主主義政権だろうとファシズム政権だろうと、とにかく生き延びさせてくれそうな群れに人間は引かれていく。これからは何でも起こり得るという懸念はしておいた方がいいかなと。

内田 中国人は独裁制と相性がいいのかも知れないですね。上が決めて、それに従う。従いたくない人は、抜け道を探す。独裁制と個人主義が不思議な仕方で共存している。でも、民主制というのはそういうものじゃない。とにかく手間暇かけて、みんなでとことん話し合って合意形成する。それができるためには、市民全員がそれなりに人間的成熟に達していることが必要です。古代ギリシャでデモクラシーが成立し得たのは、市民的成熟が一定のレベルに達していたからだと思います。でも、今の日本社会は市民の幼児化が進んでいる。合意形成に手間暇をかけることを嫌うし、合意形成の能力が低下している。自分たちの市民的成熟のレベルが低いことを棚に上げて、「民主主義なんか機能してない。それだったら、独裁制の方がいい」という風向きになっている。

ヤマザキ　やはり、世間体という、宗教でも法でもなく、はっきり文字として表記されているわけでもないうえに、時代によってその内容も変動するという、この不透明で不確実な〝戒律〟を意識しながらでないと生きていけない時点で、民主制なんてものが適応するわけない、と思うんです。内田さんは日本は幼児化しているとおっしゃってましたが、まず人間同士で「信じてください」「信じます」「信じてたのに裏切られた」なんてやってるうちは、だめですよ。「信頼」という自己責任放棄の単純な処理をして、それを綺麗事としていますが、「信頼」は自分の頭で物事を考えることを怠る意味だとも思うのです。つまり批判の精神が育たない。育たせない社会。

私は10代半ばでイタリアで暮らし始めましたが、最初に学んだのが「猜疑心」でした。イタリア人って、表向きは誰にでも親切で心の広い人たちというイメージが横行していますけど、彼らは他者に対して相当懐疑的ですね。

内田　そうなんですか（笑）。知らなかった。

ヤマザキ　皆さんもちろん出会いの瞬間は「ああ、この人いい人だな！」と自分の判断に酔いしれる、というか、楽しくなるのだけど、思い込みを信じると痛い目にあう、油断禁物、という思いは潜在意識下にあります。イタリア人のあの複雑さは、やっぱり歴史に関係していると思います。古代ローマの時代から、ちょっと油断するとありとあらゆる様々な民族が侵入し、自治国家としての分裂と他国による統治でバラバラになっていたのが、やっとイタリアという一国として纏《まと》まったのはたった160年前ですから。

わかりやすいのが、第16代皇帝マルクス・アウレリウス・アントニヌス③の時代の紀元165年、疫病が大流行したときのことです。当時の古代ローマはスコットランドからユーフラテス川までと非常に広大な地域を支配していたのですが、最前線のユーフラテス川に遠征していたローマ軍で疫病が流行して、皇帝まで罹患して死んでしまい、さらに、軍隊が疫病をローマに持ち帰った結果、想定500万人ぐらいの死者が出る事態が引き起こされました。疫病が蔓延して、パン屋が死ぬ、小麦を運んでくる人が死ぬ、農家が死ぬという状況に陥ったローマでは、経済が一切機能しなくなり、食糧危機に陥った。兵隊もどんどん死んでいくので、軍も機能しなくなる。そうすると、この隙とばかりに、拡大した国境沿いから北方のゲルマン民族がどんどん侵入してくるわけです。そのときに、ローマではそれまでカルト集団みたいな扱いを受けていたキリスト教を信じる人が増えていったんですね。脆弱化した人たちは信仰にすがっていった。

私の中では「アントニヌスのペスト」によって引き起こされたことが今、す

③ローマ皇帝（在位161～180年）。五賢帝の最後の皇帝。ストア哲学に傾倒し、戦陣の中で『自省録』を著わした。

ごくリアルに感じられます。今のところヒトラーのようなカリスマを持った危険人物やカリスマ新興宗教が現れているわけではないけれど、でも人々はメディアを検索して、毎日自分がすがれる言葉や同調できる意見を懸命に探している。つまり、ヒトという生き物の性質上、ここで強い磁力のある思想や人物が出現すれば、皆一気にそこへ流れていくという可能性も、払拭はできません。

お金の全能性が失われていく

ヤマザキ　私の場合、イタリアに家族がいますし、世界のいろいろな場所に住んだ経験もあるので、今回のコロナ禍での各国の状況については、対比せざるを得なかったところがあります。

リーダーが説得力を見せつけて、もっともらしい言葉で語りかけているがゆえに国が大変な状況に陥ってしまっているのがブラジルです。ボルソナロ大統領④は「あなた方の7割は感染しますが、生き残る人でがんばりましょう」と堂々と力強く語り、国民を説き伏せていきました。その結果、アマゾンの先住民族が次々とパンデミックに倒れ、下手したら消滅してしまう部族も出てくるほどの危機にさらされています。でも、ボルソナロはそうしたことを一顧だに

④ジャイール・ボルソナロ。第38代ブラジル大統領（2019年〜）。その政治志向から「ブラジルのトランプ」とも言われる。新型コロナウイルスを軽視する発言を繰り返し、大統領本人のみならず、夫人や息子まで感染した。

せず、「金があって人間はなんぼ」という彼の姿は、まるで「貨幣宗教」の狂信者のようにも見えてしまうほどです。でも、それを支持する人たちが少なくはない。

内田 でも、今度のパンデミックで「金さえあれば」というタイプの政治勢力やイデオロギーは力を失っていくと思うんですよね。ボルソナロのように「とにかく経済」と言っている人も、今の状況では、いくら金があっても、必要なものが買えるわけではない。アメリカでは、感染初期に防護服やマスクの戦略的備蓄が必要量にまったく足りなかったそうです。備蓄がなかったのは、「必要なものは、必要なときに、必要なだけ市場で調達すればいい」という「在庫ゼロ」をありがたがる経営理論が支配的だったからです。でも、パンデミックになったら、必要なものでも買うことができないということがわかった。それはEUも同じでしたね。医療資源を共有して、加盟国みんなで共同的に管理しようということにはならずに、各国が医療用品の輸出制限をかけた。感染爆発したイタリアが、ドイツやフランスに「医療器具が不足しているから支援してほしい」と頼んだとき、両国とも嫌だと言いましたよね。もしものときには誰も助けてくれないということが露呈された。

今回のコロナ禍で、「金の全能性」に対する信頼はずいぶん崩れたのではないかと僕は思います。アメリカは医療器具と医薬品は国産に切り替えました。生き死にに関わるものは、医療品やエネルギーや食料は、原則的には自給自足しなければいけないという方向に世界的な転換が起こっている。

グローバル資本主義は、人・資本・商品・情報はクロスボーダーで自由に行き来できることと、必要なものは何でもいつでも金で買えるということを自明の前提にして設計された制度ですけれども、その前提が崩れてしまった。集団が生きていく上で不可欠のものは自分たちの手で作り、守らなければならないということになった。結果的に経済成長は鈍化するでしょうけれども、社会の危機耐性は高まるんじゃないでしょうか。

ヤマザキ 今のお話で、イタリアで新型コロナウイルスの流行が始まった2月後半頃、イタリア人と交わした会話のことを思い出しました。イタリアでは最初に感染者がみつかった翌日に死者が出たんですが、もうその次の日には、死者が出た地域の学校は全部封鎖、そして地域全体がロックダウンになり、県全体が閉鎖されました。そこからイタリア全体のロックダウンに至るまではあっという間でした。

「こんなことをしたら、経済が死んで、自殺者と餓死者が出る」と夫に言ったんです。すると彼は私に「まずは人の命を疫病から守る。それからいくらでもなんとかなる」と言うわけです。ヨーロッパ人にはキリスト教的倫理観が根付いているということもあるのだと思いますが、つまり再生につなげるためには人の命が助からないといけない、という論理なんですね。「俺たちが今生きているのは、これまで山のように起こってきた数々のパンデミックを乗り越えてきたDNAが受け継がれてきたからで、だから生命さえつないでいけば、このパンデミックも乗り越えられるんだ。そんな目先の些末な金のことなんかにとらわれている場合じゃない」ということなんです。

しかし、日本は自死が罪であるというキリスト教的な倫理は根付いていません。実際、リーマンショックのときに3万2000人ぐらい自殺しているわけです。その話をしたら、イタリア人たちは「えっ⁉」と言ったきり、みんな黙ってしまいました。彼らには経済が理由で自死するということが、とっさに理解できなかったんですね。

コロナ禍の初期、日本がPCR検査数を抑えていたのは、経済と感染症で亡くなる命とをどこかで天秤にかけたのではないか、なんてこともつい考えてしまいましたが、日本はそれだけお金に命を預けてしまっている社会体制が、根元から構築されてしまっているとも言えますね。

そもそもヨーロッパでは、経済が自分たちを生かす唯一の手段だとは捉えていません。私が以前住んでいたポルトガルは、今回のパンデミックが始まったとき、EUで真っ先にフリーランスを含むすべての国民に給付金を配った国のひとつです。ポルトガルは国民も比較的謙虚で慎ましく、経済的にもけっして裕福とは言えない国ですが、いざというときにそういうことができるところに底力を感じます。ドイツもそれこそ早急に芸術家への経済政策を実施しましたが、ヒトという生物は何を糧として生きていくのか、経済という栄養だけで生き延びていけるものなのかどうか、そこを見極めている国とそうでない国との差異も顕著でした。

内田　今のところ、日本では新型コロナウイルスによる死者が少ないということになっています。これだと、そのまま「政府の感染症対策は成功した」と総括されて、医療システムは手つかずのままで、何の改善もなされないという可能性が高い。東アジアの国々はどこも欧米より感染者数・死者数が劇的に少ないのです。ラオス、カンボジア、ブータン、モンゴルは死者ゼロです。日本は中国、インドネシア、フィリピンに続いてワースト4⑤です。とても感染症対策に「成功している」とは言えません。

ヤマザキ　「ジャパンミラクル」などという言葉も一時期メディアでよく目にしましたが、そうやって「やっぱり日本ってすごい国」という確信に安堵を求

⑤２０２１年2月15日現在、日本における新型コロナウイルスによる死亡者数は、東アジアの中で、インドネシア、フィリピンに続いてワースト3（厚生労働省発表）。

めてしまうと、この先もっと厄介な事態になった場合、臨機応変な対処ができなくなる可能性も出てくるでしょう。

新型コロナウイルスは戦争を引き起こすか

ヤマザキ　第一次世界大戦中にスペイン風邪が流行し、ヒトラーが現れて第二次世界大戦に突入していったという歴史を踏まえて、このパンデミックの最悪のシナリオが戦争ということになるのではないか、と心配する人もいるようですが……。

内田　そういう話を確かに時々聞くんですけれども、スペイン風邪が流行した100年前と今を比べるのは無理だと思うんです。特に100年前の日本と今の日本はまったく別の国ですから。

まず人口構成がぜんぜん違う。20世紀初め、日本の平均年齢は20代だったのに対し、今の日本の中央年齢は45・9歳。世界最高の老人国です。生産年齢人口がどんどん減っている超少子化・超高齢化社会で、自衛隊の定員さえ満たせないというのに、戦争なんてできませんよ。志願する若者なんかぜんぜんいないから、40代以上の「老兵」たちまで徴兵しなければ数が揃わない。今の日本には戦争をするだけの人的リソースがないんです。労働者だったら、移民でも済むけれど、「日本が戦争するので、日本人の代わりに戦ってくれ」と言われて軍隊に行く外国人なんかいませんよ。

ヤマザキ　シリアの紛争やＩＳでも、戦っているのは全員若者ですからね。老人はあんなことやりませんよ、体力温存したいし。

内田　経済成長のために「いっちょう戦争でも」というような無責任なことを言っている財界人はいますけれど、今の日本にそんな選択肢はありません。ただ、アメリカの戦争に巻き込まれるという可能性はゼロではないですから、そうした事態に陥らないようにする手立ては必要です。

とにかく、日本の人口減はすごい速度で進行しているわけですから、それについて本気で考えた方がいいと思うんですよ。２１００年の日本の人口は中位推計でも、５０００万人を切るんですから。

ヤマザキ　今の人口が1億２６００万人ですから、半分以下になってしまうということですよね。

内田　80年間で７６００万人減る計算です。それが国のかたちをどのように変えることになるのか、それを予測し、対策を立てることが政治家たちにとって一番たいせつな責務だと思うのですが、「少子化対策」というような生ぬるいことを言っているだけで、危機に本気で取り組む気は今の政府にはありません。自分が生きている間は今のシステムで何とか持つだろうから、後のことは知らない。「わが亡き後に洪水よ来たれ」ということなのでしょう。でも、どこかで国のあり方を根本的に切り替えなければ、経済成長どころか、新しい環境に適応して生き延びることさえ困難になります。

ヤマザキ　変わるとしたら、どういう方向に変わればいいと思いますか。

内田　人口減社会の選択肢は、東京一極集中シナリオと地方離散シナリオのふたつしかありません。今の政官財は東京一極集中を進めています。長期的には、すべての資源を首都圏に集中させて、それ以外の土地は無住の地として放棄する。鉄道と幹線道路くらいは残すでしょうけれど、行政機関や、病院や、学校は統廃合を繰り返してしだいになくしてゆく。「わずかな住民のために多額の税金は投じられない」という理屈で押してゆけば、鉄道も廃線にできるし、道路も改修せずに放置できる。交通網も整備されず、病院も学校も警察も消防署もない地域では文化的で安全な生活は送れませんから、結局人々は故郷を棄てて、地方の中核都市に集住するようになる。その地方都市も遠からず高齢化・過疎化で放棄され、「ふつうの暮らしがしたければ首都圏に住むしかない」ということになる。それが今の政府の基本方針だと思います。

でも、人口5000万人というのは、明治40年代の日本の人口なんです。その頃でも日本人は全国各地で、楽しく暮らしていた。その頃と同じように、自治体はできるだけ自給自足をめざして、その中で定常的に経済を回していくという選択肢もあり得る。もう世界的な経済大国や政治大国にはなれないでしょうけれども、日本列島は多様な植物相・動物相に恵まれ、水量が豊かで、土地が肥沃で、空気がきれいです。温泉もあるし、観光資源もあるし、文化芸術のレベルも高い。無理な経済成長を求めて、地方を切り捨てたり、環境を破壊したりすることなく、そういう自然豊か、文化的で、居心地のよい国で心穏やかに暮らしてゆくという選択肢が未来の日本のもうひとつです。

今回のコロナ禍は、そうした方向もあり得るということを熟慮するひとつのきっかけになるかも知れません。テレワークで仕事をすれば、別に東京にいる必要がないということもわかってきました。これからは、生活費が安くて、環境のよい場所で暮らしたいという人たちの東京離脱が加速するのではないかと思っています。

ヤマザキ　精神面についてはどうでしょうか。中世のヨーロッパを覆った黒死病がルネサンスという精神意識革命につながったように、今回のパンデミックを経験した日本人のメンタルが、今のような横柄な稚拙さから抜け出していけるように果たしてなるでしょうか。

内田 これをきっかけにして、お願いだから成熟してほしい、と思います。日本人の幼児化は際立ってきています。なんでも話を簡単にしたがる、敵味方に切り分けて、勝ち負けで話を済まそうとする。異論とのすり合わせや合意形成の技術が目立って衰えています。性差別やレイシズムも自己規制を失って暴走し始めている。

ウイルスが今後どう変異するのかは予測不能ですし、政治経済のシステムがそれに応じてどう変わるかもやはり見通せない。自分ひとりの才覚で生き延びるしかない。そのときに社会の行く末について選択肢がひとつしかないというのでは、リスクが大きすぎます。だから、複数の選択肢を用意して、プランAがだめならプランB、プランBがだめならプランC……というふうに複数のプランを同時並行的に走らせておいて、何が起きてもなんとかなるというリスクヘッジをしておくことがだいじなんです。

世の中、変わるときは一瞬で空気が変わります。今、しだいに「人間、もう少し大人にならないとまずいんじゃないか」という空気になってきていると思います。「自分が大人になろう」と思う人の数がある割合を超えたときに、世の中の空気がぱっと切り替わるんじゃないでしょうか。それを願っています。

旅は地球とのランデヴー

ヤマザキマリ対談集

特別編

ヤマザキマリ × 兼高かおる

兼高かおる（かねたか　かおる）

ジャーナリスト。1928年兵庫県生まれ。1957年から「ジャパン・タイムズ」他でフリーランスのライターとして活躍。1959～1990年テレビ番組『兼高かおる世界の旅』を制作。菊池寛賞、文化庁芸術選奨文部大臣賞など多くの賞を受賞。1991年紫綬褒章受章。2004年日本国際ツーリズム殿堂入り。2007年から2011年まで日本旅行作家協会会長。2019年逝去。主な著作に『スーツケースのティー・タイム』『私の愛する憩いの地』『わたくしが旅から学んだこと』など。

対談日：2016年2月18日
（「すばる」2016年5月号掲載）

旅は本と母から教わった

ヤマザキ 本日は、幼少期からの憧れの存在である兼高さんとお話ができるというので、大変嬉しく思っています。私は17歳で絵画を勉強するためにフィレンツェに渡り、以降も、様々な土地で暮らしてきました。今は家族のいるイタリアと東京を行ったり来たりする生活ですが、与えられた場所を出てやろう、世界に出て見聞を広めたい、と最初に思ったきっかけは、兼高さんの『兼高かおる世界の旅』（1959〜1990年、TBS系）の大ファンになったからです。私という人間のいくらかは、兼高かおるで構成されていると言ってもいいぐらいです。

兼高 まあ、それはどうもありがとうございます。わたくしもヤマザキさんのお書きになったものを読みまして、おもしろくてついつい寝不足になったほどです。ヤマザキさんは、わたくしが撮影できなかったようなところもいらしてますね。中近東もお好きだとか。

ヤマザキ 私の結婚した相手が比較文学の研究者で、アラビア語文学も研究対象のひとつにしているイタリア人なんです。結婚式はエジプトのイタリア領事館で挙げ、その後、シリアのダマスカスに移り住みました。

兼高　わたくしは取材でほとんどの国に参りましたが、ダマスカスだけは撮影を禁じられたので番組をつくれなかったんですよ。国が制限したのか担当の人間の判断だったのかはわかりませんけれど。でも、おかげ様でシリアの田舎のほうは撮影できました。人はいいし、いいところでしたね。

ヤマザキ　シリアの田舎には保存状態のいい素晴らしい古代ローマ遺跡がたくさん残っていたので、夫とよく廻りました。あの国にはある意味お節介な（笑）、親切で傲りのない人たちがたくさんいるんです。ＩＳの破壊によって、ダマスカスの街もパルミラ遺跡①も、あとかたもなくなってしまったのが無念でなりません。

兼高　まったくです。パルミラ遺跡に行けなかったのは、一生の心残りです。

ヤマザキ　パルミラに兼高さんが立っておられる姿は当たり前のように想像できますが、いらっしゃれなかったんですね。私が兼高さんのぶんも見たということにしましょう。3回ほど行きましたが、駱駝《らくだ》で遺跡を巡ったりもしました。

兼高　とってもうらやましいわ。3回もだなんて。

ヤマザキ　子どもの頃、児童文学版の『アラビアンナイト』が大好きでした。駱駝に乗って砂漠を渡るということに、そのときから憧れていました。まだ平

①シリア中央部にあるローマ帝国時代の都市遺跡。１９８０年、ユネスコの世界遺産（文化遺産）に登録された。円形劇場や浴場、四面門など、ローマ様式の建造物が多数残っていたが、シリア内戦でＩＳにより破壊された。

和なパルミラで、それが経験できたのはよかったです。

兼高　エッセイにも『アラビアンナイト』が好きだと書いておられましたが、まるでわたくしのことだわ、と思いました。家に児童文学の全集があってよく読んでいました。文も興味あったけれども、挿絵が好きでね。一番印象に残っている挿絵はイスラムのモスクの屋根でした。それに男女の民族衣装やマナー、風習の挿絵です。

ヤマザキ　同じです。私も『アラビアンナイト』を読んで、こりゃ自分の目でも見てみなきゃって感じました。

兼高　わたくしが旅に憧れるようになったのは、母親と本のおかげです。何かわからないことがあるとすぐに「ママ、これはどうして？」と聞く。母は返事をする代わりに「本を読みなさい」と逃げたんです（笑）。ですから自分で調べる癖がつきました。母の教育方針だったのかもしれませんが。世界は日本とヨーロッパだけじゃない、との。

ヤマザキ　教育として、子に本を与えておくというのは、うちの母もそうでした。私には『アラビアンナイト』と『ニルスのふしぎな旅』②を与えて、興味がそちらに行くように仕向ける。旅心が触発されるような内容の本ばかりを読み、しかもそのうち『兼高かおる世界の旅』をテレビで見るようになって、「将来

②セルマ・ラーゲルレーヴによるスウェーデンの児童文学。14歳の少年ニルス・ホルゲルソンが妖精トムテによって小さくされ、ガチョウのモルテンやガンの群れと一緒にスウェーデン中を旅する冒険物語。

はこういうふうに世界を移動する人になればいいのか」と自然に思うようになりました。

兼高　お母様は「あれしちゃだめ、これしちゃだめ」とはおっしゃらなかったでしょう？

ヤマザキ　もうほったらかしでしたから。でもよく言えば大変自由でした。

兼高　わたくしのところもそうでした。

ヤマザキ　私は14歳のときに一人旅に出されたんですけれど、そのときのことを聞くと「あなたは学校みたいに狭い組織の中で物事を学ぶ子どもじゃなかった、外へ出ることが一番教育によいと思ったから」って。

兼高　それもうちと非常に似ているので驚いたんです。そして本ね。文字を見ていると想像力が湧いてきます。

ヤマザキ　そうです。

兼高　外の世界への興味が募ると、結局は自分の目で本物を見なきゃしようがありませんものね。初めてサラセン③の文化、美を知ったときは、たいへん感動しました。実際中近東に行ったとき、わたくしはかつてここにいたのではないかと思うほど、惹きつけられましたね。

ヤマザキ　初めてでもなつかしいという感覚ですね。自分がここに馴染んでい

③中世ヨーロッパ世界でイスラム教徒を指した言葉。

ると感じられる場所。その感覚は、わかります。本を読んでいる間に、すごく想像したので、初めて訪れた気がしないのかもしれません。でも本だけだと、やっぱり世界に対しての疑問はどんどん増える一方で、「本当のところはどうなんだろう、自分も行ってみたいな」と興味をかきたてられる。そして旅立つ。そのくり返しでここまで来ました。

地球は「エデンの園」、蛇は……

ヤマザキ　せっかくなので、番組のお話をお聞きしたいと思います。当時はテレビも現在のようには旅番組を作っていませんでしたよね。私にとって1970年代は、日曜の朝に『兼高かおる世界の旅』を、夜に『すばらしい世界旅行』④を見るのが最高の楽しみでした。想像力をフル回転させて、世界の奥深さを感じてわくわくしていた。ともに30分番組だったことも、今思えば驚きです。とても密度が濃かったから。

兼高　本当は何倍もの映像素材を撮ってあるんですね。それを30分番組にするためにあちこち切るの。もったいなくて仕方なかったです。ですけど、切らないと枠におさまらない。

④1966年から1990年まで日本テレビ系列で毎週日曜日に放送されていた紀行番組。俳優・久米明のナレーションが有名。日立グループの単独提供番組で、「日立の樹」（この樹なんの樹）のCMソングはこの番組から始まった。

ヤマザキ　兼高さんがフィルムのリールを持って編集されている写真がありますが、当時から「かっこいいな」と思っていました。今ならディレクターがいて、レポーターがいて、アシスタントがいて、カメラマンがいて、編集マンがいて、分業によって番組は作られる。でも兼高さんはひとり何役もこなしていらして、たまにはカメラも自分で回されたとか。ご自身で編集をされると、ご自身が見ていらしたその旅のエッセンスだけをつなぐことができるでしょう？『兼高かおる世界の旅』の素晴らしさは、兼高かおるが見てきたものがまじり気なくお茶の間に届くという、あのスタイルに凝縮されていると思います。誰にでもできることじゃないですね。

今の旅番組は分業化が進み、ディレクターやコーディネーターがあらかじめ決めた場所を、レポーターが訪ねて歩くといった作り方をしています。合理的にすることのメリットは理解できるし、限られた時間しかないのもわかる。でも旅というものは、そこで起きる不測の出来事に対応することでもありますよね。

兼高　つくる側の言い分ですけど、発見が楽しいわけです。わたくしが行ったからには、わたくしなりの発見で行きたいわけね。その発見というのはかならずしも珍しいわけじゃないかもしれないけれど、でも、行って、見て、におい、湿度、雰囲気、音を感じ、これがいいと思って撮る。そこに住んでいる日本人のコーディネーターが選んだものを映しに行くのなら、誰が行ったっていいでしょう。

例えば、ある建物の天井を撮ることは事前にぜんぜん考えていないかもしれない。でもふっと目を上げたら、すばらしいタイル張りだったとします。そしたら、床に寝転がっても撮りますよ。「兼高さん、よしなさいよ」と人には言われるでしょうけど（笑）。

ヤマザキ でも、床に寝ないと見えない壁画や天井がありますものね。それは行った人の発見でもあって。

兼高 仕事しているときは、女であるとか、きれいな格好していないといけないという思いはゼロ。見ているものがわたくしの宝なんです。

ヤマザキ はあー、お話を伺っているととても気持ちがいいです。私が解説を書かせていただいた兼高さんのエッセイ『わたくしが旅から学んだこと』（小学館文庫）にも、取材をしているときはスッピンだったとありました。実際、本当に旅に興味があれば、買い物することなど頭に浮かばないし、食べ物すらどうでもよくなるものです。

兼高 撮影中のわたくしたちはランチ抜きでした。いや、食も大事ですけれどね、まずは人間が旅するときに大事なのは見ること、目からの情報ですね。それから、におい。そして温度ですね。これを知っていることが行った人の体験ですよ。

ヤマザキ　本当にその通りだと思います。たとえば、最近人気の旅番組に、世界の街角をひたすら歩くというのがあります。レポーターは前面に出ないで、カメラだけが移動するのが特徴です。見ている自分がまるで一人旅をしているかのように、街でコーヒーを飲んでいるおじさんに「ボンジョルノ」とか話しかけて、そのおじさんが「うちに寄っていくかい、眺めがいいよ」なんて返事をしてくれて、コミュニケーションがいい方向に成立したりしている。ああいう番組を見てしまうと、言語が通じないことの不安はないし、行き場所に迷うこともないし、旅のおいしいところだけをつまみ喰いすることができます。しかも飛行機代も宿泊代もかからない。あまりに簡単に旅の気分が味わえるので、これだと誰も旅に行かなくなっちゃうんじゃないかと思います。しかし今兼高さんがおっしゃったような、においや温度や、あるいは旅の緊張感や空気感は一切伝わってこないですね。

兼高　においって、大事じゃありません？　話がすこし変わるようなんですが、終戦後のあるエピソードを思い出しました。あのころ進駐軍の中に、火事が起きるとかならず現場に「火事だ」って飛んでいく人がいたんです。

ヤマザキ なぜ現場に行くんですか？ 火事好き？

兼高 そう、火を愛《め》でにきたアメリカ人。日本語もぺらぺらの人でしたが、火事の熱さや燃え広がっていく炎の音、動きが、ビューティフルだって言うんですよ。

ヤマザキ 江戸時代には、火事を見物しに行く人がいたらしいですけど（笑）。

兼高 「火事と喧嘩は江戸の花」というぐらいですからね。

ヤマザキ 火山の火口付近に行くと、硫黄質のにおいが漂っている場所があったりしますよね。

兼高 それがあって初めて、活火山に来た気分がするんです。そして、ふっと見ると、あちこちでぼこっぼこっと地面が盛り上がっている。音もするんです。見るだけが旅じゃない。五感で感じることなんですね。

ヤマザキ その意味でも『兼高かおる世界の旅』は、クオリティの高い旅番組だったといえます。あの番組に触れたあとで、他の旅番組を見ると、全然違うというか、満足できないんじゃないかしら。表現が規制されているというか、縮小されている。

兼高さんの番組は、放送時間が短かったためにいっぱい編集もされていて、

「この後どうなったんだろう」と想像させる余白もあった。だから余計に外に行きたくなったんです。自分で行くしかない、自分でこういう人たちと接してみたいと思いました。

兼高　人々と接したくなるというのは、旅がそういうチャンスをつくらせ、地球の住人に地球はどんなところか知らせているのです。旅は地球の人々がその土地のありがたさを知る手段でもあります。自然の力、美がどれほど地球人に貢献しているかを見せてくれます。

ヤマザキ　景色もきれいだけど、行き先で出会われる人々がすごかった。まだテレビという媒体がよくわかっていない、ジャングルや大自然に住む人たちもよく取材なさいましたよね。

兼高　西欧型の文化とは違う部分って、興味深いだけでない。その土地にはその土地の文化・文明があるのね。日本は南北に細長い土地。当然、気候、風土も違いが大きい。それを持ちこたえてきた古き日本の良さが世界の外国人ツーリストに感心されているのに、日本人自体がその歴史を平気で見捨てていくのを見ると胸が痛くなります。

ヤマザキ　わかります。

兼高　例えば番組の取材の際、こういうことがありました。村でなにか会合をしていて、みんなが騒いでいる。「何の話をしているんですか」と聞いたら、「家を建てる話をしている」、「その辺に建てるんだ」と。それで「いつごろ建てるんですか」と聞いたら、「もうすぐ始める」と言われた。しめたと思いましたね。その村で家を建てる様子が撮れるわけでしょう。大工さんもいない、お父さんとちっちゃい息子ふたりで建てるんですよ。こんなのアレンジしてもらったら、いつになるかわからない。約束や時間は、彼らにはないからです。

ヤマザキ 事前にわかっていたら、おもしろくない。

兼高 そのとき父親は、まだ10歳ほどの息子に手伝わせて家をつくりました。するると、親子というのが出るでしょう。父親が土台を組み立て、屋根のところから息子を叱りながら、またしっかりやれよと心配しながら、見つめている。すべて表情に出ているわけです。

ヤマザキ 素晴らしいですね。先進国の教育の理念に縛られていない人たちの、子どもたちへのフレキシブルな教育方法がそういう場面で見えますものね。

兼高 そうです。そこで、日本の常識とは違う親子のあり方を知ることができる。その土地では、ちっちゃいときから家の建て方ぐらい知っておきなさいという教育です。

ヤマザキ いざというときに誰が生き延びるか、誰が地球の素晴らしさを切実に感じられるかといったら、そういうふうに育てられた子どもたちかもしれません。

兼高　日本だけじゃないでしょうが、いまの子供はできないことが多いですね。大人でも、何と何があればこれができるけど、なんて言い訳する人も多い。

ヤマザキ　あるいは、誰かの指示を待ったり、人から決めてもらわないと進めなかったり。私は、動物が子どもを守るような本能というのが、人間にも基本的に備わっていると思うんです。しかしそれを、知性でいろいろアレンジしたせいで、きちんと働かなくなってしまった部分がある気がします。

兼高　神様が与えてくれた才能や本能的な力を、どんどんなくしていく方向にあると思います。もちろん、世代や地域で、知識や常識も変わってきたのでしょうけれどね。わたくしは、神様がつくった「エデンの園」というのは、地球のことだと思っているんですよ。地球は水も豊富で、植物も魚もいる。神様がいろんなものを与えてくれたのに、それを壊しているのが人間です。エデンの園の蛇は、変身していく人間なんです。

ヤマザキ　それはいつも思います。だって動物たちはちゃんと地球という天体に愛される生き方、おまえは要らないって言われない生き方を守っている。弱肉強食の世界ではあっても、地球を壊してはいない。人間だけがだめにして、自分たちが住めない星にしています。『兼高かおる世界の旅』を見ていたとき、私にとって地球は、「わあっ、地球に生まれてきてすっごいよかった、火星や木星じゃなくてよかった」と思えるものでした。周りにこんなに素晴らしい世界がある、実際に行って感じることもできるんだって。でも今は殺伐とした事件も多くて。

兼高 神様はいっぱいいいろいろなものを与えてくれていたのに、それを壊しているのは人間の頭脳なんですね。生きたものの美しさがなくなってしまう。これが問題なの。どうしましょう。これもエデンの園が示している部分ですね。

ヤマザキ それこそお風呂に入りながら毎日のように、神様は人間に知性をもっと別なことに活用するように与えてくれたのではないか、もっと生まれてきたことへの感動や、地球を大事にすることに活用されればよかったのにと思います。なぜ生まれてきたことを不幸だと思う人がいるのでしょう。だから微力であっても、私は一生懸命、「この地球に生きるっていうのはすごいと思いますよ」ということを本に書いたり、誰かに語ったりしたい。そう思うとき、自分が日本人であると意識することは、普段あまりないんです。だから民族の特異性じゃなく、地球はいいよ、というスタンスで。

兼高 その土地に名をつけ、そこに生まれ育った人たちを○○人と呼んでいるだけで、中身は、生理学上は、同じ生物でしょう。

地球はひとつの物差しでは測れない

兼高　世の中がずいぶん変わったと言えば、わたくしの旅の最初のころはプロペラ機でした。

ヤマザキ　たしか、世界一周されたとき（1958年）もプロペラ機ですよね。

兼高　そうです。プロペラ機でどれだけ速く世界一周ができるかの世界記録を持っているんですよ。スカンジナビア航空が主催の世界早回りへのチャレンジでした。記録は、73時間9分35秒（笑）。1959年に初めて番組でローマを訪れたときは、香港を経由して52時間かかりました。香港で一晩泊まったのですが、わたくしは得意になって、機内の方数人を連れて香港の町に行き、観光したんです。空港に帰ったのが飛行機の出るぎりぎり3分前。まるで日本の汽車の気分でね。飛行機は出るに出られず、わたくしたちの帰りを怒って待っていました。

ヤマザキ　でも、それは正しかったんじゃないですか。多少怒られただけで済んだのであれば（笑）。私もリスクを冒してでも香港の町を見たいです。

兼高　とにかく失敗談を話し始めれば尽きません。仕事をする以上は、楽しいことばかりではなくいろいろ失敗もします。しかしそのすべてが経験になるんです。こうやって楽しく語れます、傷ついていない限りね。

ヤマザキ　多少傷ついても、結局苦境は乗り越えられる。でも思い出すと「あー」ってなることも。この国ではこうでも、あっちではこうなのかと学んだりする。

兼高　そうです。地球の上はひとつの尺度では、測れませんよ。

ヤマザキ　兼高さんが最初に海外に出られたのは、ロサンゼルス市立大学に留学されたときですね。初めての体験はいかがでしたか。

兼高　羽田の空港ビル――ビルというほどでなく、掘っ建て小屋みたいなもののすぐそばに飛行機が駐機していたの。１９５４年のことですから、友達や家族が見送りに来ました。たいそうなお別れに思えたんですね。花束までもらって飛行機に乗り込んだら、その花束をスチュワーデスに取り上げられました。

ヤマザキ　花束を？　ああ、検疫の問題ですね。

兼高　飛行機は無事に飛び立ちましたが、中で出たお食事が相当まずかった（笑）。こんな食事をこれから毎日しなくちゃいけないのかと思って涙が出ました。飛行場では、祖母が友達の一群の後ろでにこにこ笑いながら送ってくれました。若いころは鬼婆だと思うぐらいに厳しい人でしたが、もうちっちゃくなっていて。その姿を思い出して、また涙がぽろぽろ出ました。

ヤマザキ それはノスタルジックになりますよね。私が14歳のときヨーロッパ一人旅をした頃は詳しい情報は入ってこないし、電話も簡単にできない、お手紙もいつ着くかわからない状態で。会えている瞬間がどれだけ愛おしい時間か実感したものです。ところで食事はそれほどまずかったですか。

兼高 パンアメリカン航空⑤でしたが、太平洋横断のための最初の給油地がウェーク島⑥でね。そこでドーナツとコーヒーが出ました。これがおいしかった。すこし元気になりました。

ヤマザキ それはよかったです（笑）。

兼高 機内食で思い出したけれど、昔はカトラリーも銀器でしたね。いまはファーストとかビジネスクラスだけで、ほとんどはプラスチックですけど。大昔のカトラリー、（小声で）なぜか家に少々あるんです。いろんな航空会社のマークがついているの。

ヤマザキ あ……実は私もなぜか少々持ってます（笑）。

兼高 兵庫県の淡路島にわたくしの記念館があるのですが（兼高かおる旅の資料館⑦）、そのうち展示したいと思っています。かつてソ連圏で飛行機に乗った

⑤アメリカにかつて存在した航空会社。通称パンナム。1927年に設立され、国際路線を世界中に広げた。『兼高かおる世界の旅』への協賛のほか、大相撲優勝力士にパンアメリカン航空賞を授与。「ヒョー、ショー、ジョー」で始まるデビッド・ジョーンズ極東地区広報担当支配人の独特の口調が有名になる。1991年に経営破綻。

⑥北太平洋にあるアメリカ領の環礁。アメリカ軍用機や民間貨物機の中継地のほか、旅客機の緊急着陸地として使用されている。

⑦惜しくも2020年2月末で閉館。35年の歴史に幕を下ろした。

ときは、着地してからスチュワーデスが乗客の使っていたカトラリーを全部チェックしたことがありました。わたくしのところに来て、「ナイフは?」と聞く。それで「あら、鞄に落ちちゃったのね」と言いました。すると彼女は手を突っ込んで、取り上げたんです。これは本当に偶然起きたこと。着陸態勢になったときに、鞄に滑り落ちたのです。

ヤマザキ　へー、そんなことが。

兼高　当時の社会主義国はそんなでしたね。でも上手に言い訳をして難を逃れた。頭も使いようです。人生は、人に迷惑をかけないように、上手にうそをつけなかったらやっていけない(笑)。

ヤマザキ　イタリア語で「ずるい」は「フルボ(furbo)」と言いますが、それは褒め言葉のニュアンスで使われます。機転がきくというように。機転も海外で過ごすうちに鍛えられますね。

兼高　転売するためじゃないですよ。世界の航空会社のためです。宣伝のようなものと思ってもらいたいわね(笑)。

ヤマザキ　兼高さんは、それやっていいと思います。これだけ世界にアプローチをしてきた人ですから、スプーン一本じゃ足りない。ワンセットずつもらって帰ってくださいと航空会社は差し出すべきですよ。

兼高　フィリピン航空のスチュワーデスは、新品のカトラリーを「これはスーベニアよ。グッドラック！」と言ってプレゼントしてくれました。いいスチュワーデスでした。

文化へのリスペクト

兼高　うそも機転であり、サービスになるという話をひとつしましょう。アフリカのある国の副大統領のおうちへ呼ばれたときのことです。家の中を見る許可を得たのでお勝手に行くと、そこでメイドさんがスープみたいなものをつくっていたんです。見ると、ちょっと鼻をほじくってその手でスープを混ぜた。

ヤマザキ　オウ。ちょっとスパイシーな味つけになっちゃった。

兼高　それでいざお食事となったら、それが出てきたのよ。内心、お手伝いさんが食べるまかないだと思っていたのだけれど。食べないわけにはいかないわね、副大統領も大きくて怖い顔しているし。しかも彼は、ご飯とスープを手でこねるようにしてさっと握って、わたくしに差し出した。わたくしはその手のお握りを受け取って、いただきますと言って食べました。とたんに彼の顔が柔和になったんです。外国の人にこれまで同じことをして、断られた経験があったのかもしれない。ところが日本人が来て、食べて「うん、おいしい」と言ってる。カメラマンたちもいい顔になって食べてくれました。まあ、社交辞令なんですけど。だけど、おいしいというのは、どこであれそう言うのが礼儀ですから。言葉がわからなければ、ジェスチャーや表情であらわします。

ヤマザキ　礼儀だし、一番原始的なコミュニケーションです。この話はまさに今日、お聞きしたかったことにつながるのですが、私はテレビで、兼高さんがいつも寛容に対応していらっしゃるのを見て、すごいなと思っていました。しかしときには、簡単に受け入れられないような風習や、あるいは料理にも遭遇してこられたでしょう?

兼高　「宗教上の問題でこれは食べられません」と拒否するのは簡単です。でも相手のところで出していただいたものを、見かけだけで、「こんなの食べられない」という顔をするのはアウトです。それでつい、「これを食べるためにここまで来たんですよ」なんて、だんだん大げさな日本語になっちゃうんだけど。

ヤマザキ　私もいつも心がけています。どこへ行っても役者になる。「コウモリ食べてみたかったんだ」って。

兼高　社交になれている人ならわかってくれます。うそというと響きが悪いけれど、大きくいって外交上、社交上の方策と思いますよ。

ヤマザキ　まさに社交のダイナミズムですね。他者の文化を受け止めるという姿勢は、やっぱり見せていきたい。

兼高　違う習慣があることも知らなかったりするでしょう。とくに都会じゃなく僻地の人は、そんな情報を持っていない。例えば、砂漠でミルクをいただいたことがあります。大変貴重なものです。ただお茶碗を見てみたら、表面をきたない枯れ葉が覆っていて、下のミルクが見えないほどだった。それは、ふーっと息を吹きかけて、枯れ葉を向こうに押しやった隙にすすすと飲んだのです。郷に入れば郷に従えですよ。

ヤマザキ　それは知恵ですね（笑）。ふーっとやれば飲めますもの。

兼高　そしてね、そんなものを飲むとお腹が悪くなると考えるのも、あれは精神的な問題だと思います。「ここのお水、気をつけてくださいね」なんて言われるから、細胞が受け身の態勢で待っちゃって、案の定、お腹をこわしちゃう。

ヤマザキ　あっ、私もそう思います。心理的な作用って確かにあります。

兼高　ともかく、先入観を持って相手に接すると、ろくなことがないんです。なんでも受け入れるつもりで、ありがたくミルクは飲めばいいの。

ヤマザキ　なんにでも順応できるタイプでいらっしゃいますか？

兼高　わたくし自身は難しくないんです。ひとつ言えるのはこういうことだと思います。地球上の多くの人間にはそれぞれ自分の信ずる神がいます。これは心の中にあるものですから、最大限に尊重すべきと思います。たとえ日本にいるときは本で読んだだけの知識でも、現地に行けば人々の心の中に神がいるのを感じます。相手が信じていることは尊重しなければいけません。

ヤマザキ　先ほどのお話を伺っていると、握られたご飯を食べることに関しても、おおらかにうそをつくというのも、本当に兼高さんの大きさを感じさせてくれますね。どこまで想像力をたくましくして、相手のその世界に入っていけるか。

兼高　それと、自分たちには及ばない相手のすばらしい文化も、きちんと受け止めるべきですね。例えば、わたくしは昔から建築に興味がありましたので、レバノンのある美しい別荘に呼ばれて行ったことがあるんです。

ヤマザキ　レバノンも様々な表情をもった素晴らしい国ですよね。

兼高　その山の上にある別荘では、お部屋の壁がタイルになっていて、表面がフラットではなくてでこぼこしているんです。そこを水が流れる設えで。

ヤマザキ　へえー、きれい。今言葉で説明していただいただけで、想像できます。

兼高　暑いシーズンには持ち主はそこに来て、壁に水が流れているのを見て、水の音も聞くわけです。これはエアコンですね。

ヤマザキ　なるほど、なるほど。

兼高　水はお部屋の中にある小さな溝を伝って外に出ます。そして庭の池に注ぎ込まれていく。こんなものを日本でつくっている人はおそらくいないでしょう。アイディアがすばらしい。

ヤマザキ　砂漠の地域は砂漠の地域なりの、水と涼の工夫をしているわけですね。たとえば噴水という文化にも、掘り起こせば合理的で説得力のある歴史があるように。

兼高　持ち主はお金持ちだったので、そういうものが建てられた。社会に貧富の差があり、裕福な人間だったので、それが可能だったんです。みんな一緒に貧乏になりましょうという世界では、こうした文化は到底成り立ちません。語弊を生むといけませんが、言いたいのは、美しいものを見慣れていないと、それ以上に美しいものを得ようとはしないということです。文化や美を求める心が湧いてこないのです。

ヤマザキ　それと教養も重要ですよね。その壁のアイディアはおそらく、古代ローマ時代とつながっています。古代ローマでは、水道というインフラを整備する技術が非常に高かったわけですから。

兼高　日本でも、庭園を整備するときにかならず池をつくります。あるいは小さな滝も。水の動きに関する美的観念というのは、ある意味で、文明国の人々の持ち物です。

ヤマザキ　文明はやっぱり重要ですね。

兼高　わたくしはこの別荘の壁を見たとき、自分もお金持ちになったら、こういうものをつくろうと思いました。でも残念ながら、できなかったわね（笑）。

ヤマザキ　中東のお金持ちの方は、ちょっと規格外のところがありますよ。だから、思いもかけないものを作ったりする。エジプトでも、とあるところにはオアシスが作られていて、タイル張りのお風呂場がある。砂漠で暑いのにそこだけは妙に涼しいという、天然のクーラー。

兼高　たしかに、美だけではないんです。実用的で美しい。贅沢といえばそうなんだけど、いっぽうで美の追求でもありますね。戦争中は、ご存じのように「贅沢は敵だ」というスローガンが語られました。わたくしは母に「贅沢は敵ってどういう意味？」と聞いたりして、困らせたものです。いまでも贅沢の意味がよくわかりません。

ヤマザキ　昔は海外旅行に行くというだけで、「贅沢ね」と言われたものですが、それが贅沢なことではないようには、私たちがしたのだともいえます。

兼高　我々の住む地球を知りたく、お互いを理解したく、未知の世界へ出ていくわけですね。知的欲求です。例えば、江戸時代にはすばらしい日本画が多く描かれましたが、あれが贅沢かといえばそうじゃないでしょう。美の探求です。

ヤマザキ　それで自分の感性をどんどん耕して、いい土壌にしていった。現在でもそういう文化へのリスペクトは持っていてもらいたいです。

兼高　明治の時代に日本へ観光に来たアメリカ人が、数多くの日本の品を買い求めて行ってくれました。鎖国をしていた江戸時代でも、長崎の出島にはオランダ船が出入りしていましたから、日本の品物が海外に伝わり、それをコレクションしていた外国の方がいます。日本の日常の品々に独特のおもしろさを見出していたんですね。

土地の厚みを伝えるために

ヤマザキ　最後にもう一度だけ、憧れだった『兼高かおる世界の旅』のお話をさせてください。私はあの番組で特徴的だったことのひとつに、テレビの画面の中の兼高かおるが、こちらに向かってあまり話しかけて来なかった点があると思います。いつもさりげなく通り過ぎたり、どなたかとお話しされていたり、何かやっていらっしゃったりする。そこに、兼高さんのナレーションが入るわけです。

兼高　当時はレポーターなどというものも存在しませんでした。わたくしは、あくまで番組をつくる側として外国に行っていました。子供のころから写真を撮られるのも苦手で、画面に出るつもりはなかったんです。番組名もたしか最初は、わたくしの名前は入っていなかったはずです。ところがなにかの拍子に画面に出たとき、評判がよかったようなんです。

ヤマザキ　それはそうでしょう、大変な美貌でいらっしゃるから。

兼高　スポンサーと局とが話し合い、番組名にわたくしの名前を使うし、画面にも出てもらいたいと言われました。すごく嫌だったのですけれど、番組がせっかく軌道に乗り始めていたところで、ちゃんと続けたいとなるとそうした偉い人たちの言うことも聞かなきゃならなかったんです。それで「わかりました」と答えました。

ただ、どういう出方をしたかというと、例えば、大木があります、大きいです、その前をちらっとわたくしが通り過ぎるんです。すると、背の高さとの比較でもって、木の大きさがはっきりしますでしょう。ほら、大きいでしょうと。

ヤマザキ　今一瞬、なつかしい画像を見ている気になりました。「大きいでしょう」と言って、掛けあいのお相手の芥川隆行⑧さんの渋くてお茶目な声も入るんです。いいですね。

兼高　わたくしだけを映すのではない方法をいろいろ考えました。だって、女の人がものを食べるシーンなんていうのは、決してきれいじゃないでしょう。大きな口をかあーって開けて。どこに行っても、例えば大統領夫人の食べるシーンなど撮影はNGです。

ヤマザキ　私なんかもときどきテレビのレポーターのようなことをしますが、食べているところは映してほしくないです。気が散って食事が楽しめないし、ラーメンを食べているところなんて絶対に映してほしくない（笑）。

兼高　イギリスのチャールズ皇太子の撮影でも、まずわたくしに「絶対に食べているところは撮影NG」とおっしゃいましたし、その当時のフィリピンの大統領夫人、イメルダさんもそうでした。

ヤマザキ　私が旅番組でいいなと思うのは、『岩合光昭の世界ネコ歩き』⑨という番組です。カメラマンの岩合さんが、世界中の猫を猫目線で撮っていらっしゃる。つまりほとんど人間を映さないし、人間がレポートしたりしない。猫が歩いているところをどんどん追っていくと、ちらっと民族衣装を着ている人の足元だけが映り込んだり、猫がふっと台所に入ったりすることで、これはど

⑧日本におけるナレーターの草分け的存在。「芥川節」と呼ばれる渋い語り口でテレビドラマや歌謡番組のナレーションで活躍した。『兼高かおる世界の旅』には聞き手として出演。

⑨動物写真家・岩合光昭が世界を廻って撮影する、猫を主人公としたドキュメンタリー番組。2012年よりNHK BSプレミアムで放送されている。

うもヨーロッパのどこかの国らしいとかがわかるんです。説明のなさが魅力になることもあるんですね。

兼高　言葉にすると、薄まってしまうのよね。生活の根本にある衣食住をきちんと映すだけで、伝わる情報量って少なくないですよ。まずは食べ物。そこの人間が森のものか海のものか、どちらを食べているかで、場所柄が見えてきます。あるいは着る物。ウールの厚地のものか、ふんどしだけでいるか。そしてどんな住まいなのか。なぜその人々がその地に住んでいるのかがわかってくるはずです。

ヤマザキ　ひと言で説明しないで、全体像を捉えていくということですね。

兼高　ええ。あとは男性と女性がそれぞれ何をしているかも重要です。例えば太平洋の南の島で、山奥の集落に住む人々を取材したことがありました。女性が山奥から1時間ぐらいかけて谷に下りてきて、水を汲み、それを持って今度は登っていく。女性でなければ、子供の仕事である場合もあります。

ヤマザキ　大変ですよね。

兼高　大変です。でも男たちがなにをしているかというと、高いところに残って敵の襲撃にそなえている。そしてもしなにか起きれば、男たちが戦いに出ていくわけです。高いところにいるのには理由があるんです。地理的な理由――

敵に不利、気候的な理由——涼しく住みやすい、食物の理由——動植物を得やすい。こうしたことがわかれば、わたくしたちからすると不便なところに住んでいる理由が見えてくるのです。

ヤマザキ　30分の番組で、必ずそうした要点が押さえられているから、私たちも世界のなにかに触れた気がしたんでしょうね。なるほどそういうことを意識し、編集されていたわけですか。

兼高　そう。わたくしたちは都会に住んでいて、お金さえ出せばなんでも買える。便利だからこそ、片道1時間の道のりを歩いて水桶を運ぶ生活がわからなくなっています。あるいは、これもやっぱり南の島でしたが、小屋の中にずらっと頭蓋骨を並べている部族がいました。年中、部族同士で争いをし、敵のリーダー格の首というのか、頭蓋骨を並べるのです。この敵討ちのひりひりとした状況は、日本だとわからないでしょう。裸でいる、イコール野蛮人などという簡単なことではないのです。

ヤマザキ　たとえば頭蓋骨をご覧になったとき、兼高さんご自身も強い衝撃を受けたと思いますが、それはどのように受け止められたんですか。

兼高　やはりそこは、貧富などで割り切れない「母なる大地の風土・気候が生んだ異なる文化があると理解する」しかないですね。そしてそのことに慣れていく。日本だって、江戸時代には町ゆく武士が刀を差して歩いていたわけでしょう。文化・文明の異なる土地の人が見たら、どこでも人を斬ってもいいような、その程度の野蛮な国かと思ったはずです。その文化の差を理解・尊重するしかありませんね。

ヤマザキ　現代人が江戸時代に行くようなタイムスリップは、旅の感覚に似ているに違いないと思って、私は『テルマエ・ロマエ』という漫画を描きました。古代ローマ人が現代日本にタイムスリップして日本のお風呂文化を体験するというストーリーで、SF的なことには重点はなく、描いたのはまさに旅の感覚です。

私はシリアに住み、アメリカのシカゴで暮らし、ポルトガルにも何年もいました。そして今はイタリアに暮らしています。こうしたまったく異なる四つの国を経験して、宗教的な倫理観や法律や、教育の仕方や家族のあり方、食べ物、気候、なにもかもが違うんだと実感したんです。そして、タイムスリップをしても同じことを感じるだろうと思いました。文化と風習の違いを。

兼高　気候風土の違いです。人間の考えも同じではない。それが地球のあり方なんですね。地球はいろいろな文化の寄り集まり。だから、どこの国のしていることが正しいとか先進的だとか、簡単に優劣のつけられるものではないと思

います よ。

ヤマザキ　まさにそうですね。

兼高　場所というのは、非常に大きなファクターです。日本が栄えたのも、場所に恵まれていたことが大きいと思います。

ヤマザキ　島国であったこととかですね。いろんなコンディションが重なっていると。

兼高　大陸の人たちに脅かされずに済んだ島に住む人々を、たんに日本人と呼んだにすぎません。そして産物や気候によって、その地に生まれた人々にあるルールができてきた。そこで違いが生まれるのであって、人間自体としての本質はどこの人であっても変わらないわけです。だからこそ、各地の多様性を尊重して、争いのない世界を構築していくべきだと心から思っています。

わたくしが『兼高かおる世界の旅』を始めてから、55年ほど経ちました。しかし、その間だけでも、地球上のすべての民族が平和であったときなどないのです。アジアに限っても、文化大革命がありベトナム戦争があり、いつでもどこかで殺し合いです。

ヤマザキ　今、シリアの全土で人がまともに住めなくなっています。民族大移動の状態で、どんどん国を追われている。ユダヤのディアスポラ⑩と同じです。

⑩民族離散。「散らされた者」を意味するギリシャ語だが、主にパレスチナ以外の地に住むユダヤ人およびその共同体を指す。

なぜ人間は、愚かにも過去の反省すべきことをまた懲りずに繰り返してしまうのでしょうね。

兼高　つぎに戦争が起きたら第三次世界大戦です。ここでは非常に発達した武器や戦闘機やシステムが使われるでしょう。ところが、第四次大戦になったときには、棍棒と石の投げっこになるだろうと、アインシュタインが言ったそうです。世界から文明が壊滅したあと、どこかの星の生物が新式の技術で地球をのぞいて、「何も残っていないわ」などと話し合っているかもしれません。

ヤマザキ　そんな未来は本当に勘弁してほしいですね。

兼高　最後にすごくまじめな話になってしまって自分でも驚いていますが、それもヤマザキさんという非常に理解し合える方とお話しできたからです。今日だけではまだまだ話し足りない。何十分の一か、という感じです。

ヤマザキ　私も同じ思いです。またぜひ続きをお話ししたく思います。本日はどうもありがとうございました。

PAN AM

あとがき

このあとがきを執筆している2021年2月、自分の家族が暮らすイタリアへ戻れなくなってからすでに1年の月日が過ぎた。予定調和など皆無だったこれまでの自分の人生を慮れば、こうした異常事態も別段大騒ぎをするほどのことでもないと楽観的に捉えていたが、移動が当たり前の生活だった私にとって東京にこれだけ長く止まりながら創作を続けていくというのは、思っていたほど簡単なことではなかった。自分にとって表現に必要な燃料が、実は価値観の違う土地間の移動から供給されていたことに気がついたとたん、普段なら火力発電所なみに稼働している想像力とやる気がたちまち萎えて、すっかり無気力になってしまった時期もあった。まったく前向きになれずに悩んだこともあった。

新型コロナが世界中で蔓延しはじめた頃、ドイツのメルケル首相の演説にこのようなくだりがあった。

「文化的イベントは、私たちの生活にとってこのうえなく重要なものです。それはコロナ・パンデミックの時代でも同じです。もしかすると私たちは、こうした時代になってやっと、自分たちから失われたものの大切さに気づくようになるのかもしれません。なぜなら、アーティストと観客との相互作用のなかで、自分自身の人生に目を向けるというまったく新しい視点が生まれるからです」

延期されたオリンピックが開催されるかどうかは今の時点ではまだわからない。ただ、たとえオリンピックが実施されなくても、この苦境に屈せずに生きる力を蓄えられる要素は他にもたくさんあるのだということを、この一連の対談を読み終えて痛感している。

古代人が理想的な人間像に求めていたのはメンタルとフィジカルのバランスの良さだが、この二つの機能はどちらかが不具合を起こした場合に、代替して発動するものと捉えてみてもいいのかもしれない。

感染症は基本的に人間同士の接触を控えなければ抑制することはできない。これはつまりあらゆる行動の規制を意味している。動くことができないということは、古代ギリシャ式の見解だと心身のバランスが奪われるという意味になる。年に半年は移動の生活を送る私が創作への意欲を失ったのは、まさにこの行動の制限が原因だ。しかし、この苦境を乗り越えるために私はあらゆる音楽を聞き、本を読み、映画やライブ映像を精力的に見ることで精神面への栄養補給を試みた。現在も、様々な栄養素材を提供してくれる友人たちの力を借りながら、なんとか日々を乗り越えることができている。

でも、これが100年前であればそうはいかなかったはずだ。ネットもテレビもない中、コンサートや映画館へ出向けば感染のリスクは高まるし、何より表現者たちが活動の場を失ってしまったら、我々のメンタルはとんでもない飢餓状態に陥ることになるはずだ。社会情勢が不安定になると暴動や略奪行為が発生するのも、フィジカルな飢餓感への恐怖心をメンタルでは制御できなくなり、バランスが崩れるからなのだろう。前世紀のスペイン風邪パンデミックの直後にドイツやイタリアの民衆が、極端な政治思想を訴える人間をリーダーと崇めてしまったのも、そんな不安定な心理に起因しているのだ。

私たちが生き延びるために欠かしてはならないのは、身体を維持するための食糧と、そしてメンタルのための文化的栄養である。長い道のりをボロボロになりながらも懸命に走るマラソン選手を見ることは、生き延びる意欲と勇気を膨らませてくれる視覚からの栄養素だが、それと同じような効果は音楽や映像や読書からでも得ることができるはずなのだ。

この対談集を読み終えて思ったのは、表現者もまたアスリートであるということだった。養老先生、まりやさん、中野さん、釈さん、棚橋さん、パックン、勘九郎さん、平田さん、萩尾先生、内田さん、そして兼高かおるさん。鍛えられた精神から生み出される表現で人々の勇気を引き出し、元気を与え、そして時にはやる気を鍛える様々な仕事に携わる、こうした皆さんの発言から感じ取れるのは、それぞれの中に貯蓄されている、燃費の良いハイクオリティなエネルギーである。某キャラメルの謳い文句ではないが、言葉のひとつひとつに300メートルは走れそうな熱量が込められている。とすると、私のような運動嫌いな人間であっても、日々自分に発揮できるだけの能力を表現として稼働させている限り、運動選手の端くれくらいの自覚も許されそうだ。

とりあえず、人々のメンタリティの健康を司る最高のアスリートたちによって作られたこの本とともに、地平線の彼方へ向かってどこまでも走り続けていこうと思う。

ヤマザキマリ

ヤマザキマリ　Mari Yamazaki

漫画家・文筆家。東京造形大学客員教授。

1967年東京都生まれ。1984年にイタリアに渡り、国立フィレンツェ・アカデミア美術学院で油絵と美術史を専攻。エジプト、シリア、ポルトガル、アメリカを経て現在はイタリアと日本に拠点を置く。

1997年漫画家デビュー。2008年連載開始の『テルマエ・ロマエ』が空前の大ヒットとなり、2010年第3回マンガ大賞、第14回手塚治虫文化賞短編賞を受賞。漫画作品では他に『オリンピア・キュクロス』『プリニウス』(とり・みきと共著)など。評論・エッセイでは『ヤマザキマリの偏愛ルネサンス美術論』『国境のない生き方』『ヴィオラ母さん』『パスタぎらい』『たちどまって考える』などがある。

写真
長谷部英明(P.32、82)
菊地英二(P.56)
松田崇範(P.108)
石川耕三(P.134、160、186、214、270/ヤマザキ)
共同通信社(P.240/荻尾、P.270/内田)
中野義樹(P.304)

協力
共同通信社　山下憲一
共同通信社　川元康彦

対談司会
集英社グランドジャンプ編集部　網島圭介

ヤマザキマリ対《たい》談《だん》集《しゅう》

Diálogos《ディアロゴス》

2021年3月31日　第1刷発行
2021年4月27日　第2刷発行

著者
ヤマザキマリ
養老孟司、竹内まりや、中野信子、釈徹宗、
棚橋弘至、パトリック・ハーラン、中村勘九郎、
平田オリザ、萩尾望都、内田樹、兼高かおる

発行者
樋口尚也

発行所
株式会社　集英社
〒101-8050　東京都千代田区一ツ橋2－5－10
電話　編集部 03-3230-6141　読者係 03-3230-6080　販売部 03-3230-6393（書店専用）

印刷所
大日本印刷株式会社

製本所
加藤製本株式会社

Printed in Japan
ISBN978-4-08-781689-1　C0095